古籍稿钞本经眼录

来燕榭书跋题记

黄裳 — 著

中华书局

图书在版编目（CIP）数据

古籍稿钞本经眼录：来燕榭书跋题记/黄裳著. —北京：
中华书局,2013.12
ISBN 978 - 7 - 101 - 09545 - 6

I. 古… II. 黄… III. 题跋 - 作品集 - 中国 - 当代
IV. I267

中国版本图书馆 CIP 数据核字（2013）第 171535 号

书　　名	古籍稿钞本经眼录：来燕榭书跋题记	
著　　者	黄　裳	
责任编辑	余佐赞　贾雪飞	
出版发行	中华书局	
	（北京市丰台区太平桥西里38号　100073）	
	http://www.zhbc.com.cn	
	E-mail:zhbc@zhbc.com.cn	
印　　刷	北京瑞古冠中印刷厂	
版　　次	2013 年 12 月北京第 1 版	
	2013 年 12 月北京第 1 次印刷	
规　　格	开本/880×1230 毫米　1/32	
	印张9⅝　插页2　字数220千字	
印　　数	1 - 5000 册	
国际书号	ISBN 978 - 7 - 101 - 09545 - 6	
定　　价	32.00 元	

出版前言

　　黄裳先生是当代著名藏书家,学识渊博,文笔雅健,其所撰藏书题跋尤见功力,为文献研究者和收藏爱好者所重视。黄裳来燕榭藏书中偶有宋元旧刻,足以傲人,但稿钞本和明清稀见刊本是其最重要的特色。其中稿钞本更是以拥有明末清初祁氏澹生堂数代著述及张岱稿本等重要文献,而为世人所熟知。黄裳也极为重视其所藏稿钞本,为大多数稿钞本撰有题跋,甚至写有专文,详述得书经过,并考证作者生平及版本源流,介绍稿钞本的基本情况。

　　稿钞本因其文本上的唯一性,文献及史料价值极高。来燕榭所藏稿钞本绝大多数外人无以得见,因此黄裳所撰稿钞本题记成为藏书界和学界了解其基本情况的主要来源。但这些稿钞本题记和专文分散在黄氏各种著作中,检阅不便。因此,今将黄裳所撰稿钞本的题跋和专文辑录编为一书,如此既可一窥来燕榭所藏稿钞本之全貌,也有利于读者作进一步之研讨。

　　全书篇目大致以经、史、子、集编排,有关张岱著述及祁氏澹生堂之书,则以类相从,列于集部之后。作者经眼而非自藏之钞本题跋九篇,则置于全书之末,谨此说明。

目 录

书集传纂疏

　　此天一阁朱丝阑钞本《书集传纂疏》六卷七本,玉简斋范目著录洽合。文选楼本阁目亦著录之,云"红丝阑钞本",薛目无之,是流出于太平之役者。犹是原装,旧写书根尚存,蔡序后有泰定梅溪书院牌记,是从泰定本出者。卷四尾有粘签,题"对书吏郭昂",亦明人书,岂东明侍郎属吏耶? 余得此本于海上,卷中绝无藏记,亦不知何从流散也。余藏范氏书甚富,大半散去,今检箧存,钞刻尚数十种,此本为群经之首,当善藏之。乙未四月二十日,来燕榭检书记。

　　此书泰定原刻世久不传,诸家藏目著录,惟鄱阳邹氏音释本耳。陈氏带经堂有元刻,是为仅见。然兰邻之书久为虫蚁蚀尽,徒存一目耳。此天一阁写本犹从原本抚出,亦可珍矣。书装成后检书更记。乙未八月廿日,西风初起,秋意满襟。小燕。甲午正月漫录。

史记摘丽

范大澈卧云山房钞本书，远较天一阁书罕见。余去夏于北京买得《离骚草木疏》四卷，绝珍重之。洎残腊，余客四明，重于林集虚家买得钞本医方一厚册，诧为奇遇。近严阿毛自甬上贩来倪姓书二万斤，约余往观，乃又拣得此稿本九册。墨格精写，钤章累累，实至精之册也。当日写此，以备墨板，乃终未果，或编辑迄未毕功，未可知也。余所收明人写本书多矣，若言精丽，当以此为甲观，得书归来漫题。癸巳正月廿五日，雨窗灯下记，黄裳。

大澈为天一阁主人范钦犹子，西园所藏与天一埒，曾七使外国，遍历宇内，所得法书名画古印独多，且鉴别至精。尤嗜钞书，所养书手几十人，接几而食。年老赋归，筑室西皋，与里中士大夫翻经阅史，品画评书，垂二十年。其初聚书也，以尝从司马公借观藏籍，不时应，乃拂然，益搜海内异书秘本。凡得一种，知为天一阁所未有，辄具酒茗佳设，迎司马至其家，以所得书置几上，司马取阅之,默然而去。其嗜奇相尚如此。其书至清初犹有残存,至乾隆间已不可问矣。流传甚稀,藏家著录甚少及之者。其使安南也,年已六十有五,后即归田。此册当写于万历初元,迄今殆将四百年,而神采如新。纸墨之寿,永于金石,于此殆信然也。小雁三跋。

南　史

　　此倪米楼手钞《南史》一册,去年岁暮见于石麟许盖倪某向伊抵书帐之物,无所用之,因未之得。后偶读马夷初《读书续记》,见所记有关米楼诸事,遂更念及之,今日过市询之,书仍在,遂携之以归。闲话间偶及孙伯绳所得宋本《花间集》,为结一庐故物,有席玉照藏印,写刻,八行十七字,为近来少见佳书,又见弘治本《陶学士文集》残存十卷,亦孙氏物。归过九华堂,又买得黑口本《改轩文集》及《事物纪原》等,漫志卷尾。壬辰雨水日海上,黄裳。

　　今晨朱贾惠泉更以钱泰吉手校《史记》见示,颇精,不欲收之,亦志于此。

通　典

　　壬辰之冬,余归自京师,得佳本不少于石麒许,盖皆自绍兴甬上来者。林集虚闻讯,亦挟旧本来沪售之,余展转得见于石麒许者,有明钞残本最多。如《册府元龟》、《文苑英华》、《说郛》、《御览》等,皆大部书,无所用之。只得天一阁钞本数种耳。今日乃又见此,写手极精,展阅忘倦,遂又发兴买之。计存卷百五十五至终,凡四十六卷。此书宋椠尚存,元板则只有《详节》四十二卷。此钞系从大德本出,可备《通典》异本之一。钞手亦旧,当在嘉靖墨板之前也。十月廿七日灯下记。

　　案此皮纸大册,明人精写。黑格、蓝格皆有之。半叶十四行,行二十六字。卷尾有王虎跋:"朱文公言,礼乐制度、天文地理、兵师刑法之属,皆世道所需,不可不习也。圣门以致知格物为先务,而湖学立治事斋,讲求水利算数等事,意正有在。不然,士会不知殽烝,孟僖不能答郊劳;又如太宗问礼乐,房魏不能对,皆终身恨。

此杜氏《通典》为有功也。大德丁未春,蜀杨侯应发守临川,嘉惠后学,得善本,刻诸郡庠。正录王舟周端礼偕所隶学院,鸠工惟谨。计二百卷。至大戊申仲冬,余来为杨侯代,首谒孔庙,访所刊梓,乃犹未濡墨。敦勉诸老,重加校勘,于是得为完书。凡我士子,弦诵之暇,取是书而讨论之,皆有用之学也。岂小补哉。嘉议大夫、抚州路总管、兼管内劝农事、符离王虎英雄甫跋。"

《通典》存卷百五十五至二百。明人黑格蓝格精钞本。半叶十四行,行二十六字。白口,单阑。卷末有王虎跋,略云:"大德丁未春,蜀杨侯应发守临川,嘉惠后学,得善本,刻诸郡庠。正录王舟周端礼偕所隶学院,鸠工惟谨,计二百卷,至大戊申仲冬,余来为杨侯代,首谒孔庙,访所刊梓,乃犹未濡墨,敦勉诸老,重加校勘,于是得为完书。"末属"嘉议大夫抚州路总管兼管内劝农事符离王虎英雄甫跋"。

续皇王大纪

　　宋胡宏撰《皇王大纪》八十卷，上起盘古，下迄周末。此续书世无著录，殆继胡书而成者。此明人写本，残存卷三、六、十、十七、十八等五卷，又残叶五十二叶。世无传本，不可因残帙忽之，余初检卷中有旧人朱笔题记，以为甚古，而不敢定为何时人，今夜检书，乃于卷六第四十五叶，见批语云，近时邹滕妖贼之乱，东抚赵彦云云；又卷三第六十九叶，有近日三案，何以异是语。案赵彦肤施人，万历十一年进士，光宗嗣位，以右金都御史巡抚山东。白莲教徐鸿儒之乱在天启二年，是朱笔批校必在崇祯初元前后也。余好收拾丛残，不弃故纸，几于盈箧充栋，其中实多先民精力所萃之笔墨存焉。如此书世无传本，明人手钞又经明人手校题识，虽是残册亦安得不珍视之耶？独惜不知其人姓氏耳。一九五零年二月廿五日检书漫记，时夜不甚寒，孤灯独坐，不觉其寂寞无端也。黄裳。

　　此明人旧钞《续皇王大纪》残本六册，余得之汉学书店旧纸堆中,盖欲救之出于打浆炉也。携归遍查诸家书目俱无之,知为秘册。卷中有旧人朱笔批校,所记有涉及近日三案、媚珰及邹滕之乱云云,知其人为崇祯时人,惜不知其姓氏耳。杂置书丛,几将两载。时取翻读,颇以蠹残为憾。会姑苏书友来沪,欲得故书装治,遂检出付之重装。余购书不弃丛残,每为人笑。然先民精力所瘁,焉可不珍重护持。惜知此意者少,可叹息也。庚寅九月廿日,黄裳识。

此《续皇王大纪》残本六卷,得之已将四年矣,时一展读,笔法精妙,虽出钞胥,正自可喜。更有数册,气势凌厉,粗头乱服,别有嘉趣,非近时书家所可梦见。明人旧钞,往往可作法书观,其妙如此。壬辰十一月初十日书。

《续皇王大纪》存六册,明钞本。每卷首叶板心上题书名卷数。十行,二十字。钞白。通体朱笔批校。每一题下著年号,各为起讫。其朱批有关时事者如下:

“今国家漕转,皆仰给东南。而畿辅山东,岁丰粟贱。仿此策籴谷以供京师,亦可省东南漕卒之费。顾籴本无所出,迁延误时,有妨国计耳。至常平仓是救荒第一良法,若郡邑长吏,实心奉行,即有水旱,不俟请蠲请赈,而取之裕如者。乃不肖者既以积谷为囊橐之资,不以入仓而以入库,而仓中之积,有名无实,及以厉守者,至破产以偿。良法遂为弊政,可叹也。”(卷三汉宣帝五凤四年“籴粟筑仓”条下)

“此事本末绝类近来媚珰诸丑行径。”(卷三汉元帝初元元年“石显专权”条下)

"读解光所奏昭仪杀皇子事,令千秋而下,犹欲裂眦植发,恨不即剚手以冲其胸,而耿育乃以讨乱贼为讦扬,以掩私燕为将美,至谓废后宫就馆之渐,以安宗庙,述志固如是乎。盖纲常名义之外,别有一种似是而非之论,非不言之有故,持之成理,而由其说使乱臣贼子弑父与君而不顾。近日三案,何以异是。"(卷三汉哀帝建平元年"解光耿育论赵太后事"条下)

"今郡守轻贱,无以弹压长吏。长吏之甲第有蜂气者,辄以华选自居,凌出其上,郡守俯眉事之,苟容自全。故吏治日污而民生日蹙。今欲重郡守之权,必使台省一途,少为限制,而后法可行也。豫养材能,正今日第一急务。"(卷三汉哀帝建始三年"王嘉论守相"条下)

"近时邹滕妖贼之乱,东抚赵彦以大兵征剿,有报捷疏,类出塞平蛮者,而又筑京观于路旁,以夸大其功。一时效尤,恬不知耻。岂不闻国渊之论耶。"(卷六汉献帝建安十七年"国渊上首级实数"条下)

经济类编

　　天一阁黑格写本。棉纸一厚册,原装。此非冯琦书,不著撰人。以类相从,汇集故书所载故实,盖仿《大典》而少简要。然原书已十数钜册矣。然引书不著出处,写手亦草草。今阁中尚存数册,见于林集虚《目睹书目》中。

琴　史

　　此明人钞本《琴史》，经吴尺凫校跋者，获之三年矣。笔精墨妙，每一展卷，心目俱爽。旧藏尚有墨格旧钞《武林旧事》一种，亦瓶花斋物，跋至六七通，朱校亦富。余所藏西泠吴氏书，仅此而已。年来南北舟车，访书公私藏，曾未见尽凫校本一种，罕遇难求，远较莬翁为甚。世人佞黄而不知有尺凫者，殆难免井蛙之诮耳。此本由江安傅氏转归杭州王氏，朱贾遂翔巧取于王氏身后，余则由修绠孙氏之介，获之者也。癸巳七月廿五日雨后书，小雁。

洞山九潭志

　　昨日晤石麒于来青阁，告甬上大酉山房林集虚又以旧本来沪，即约其今日持书来。适又晤之于来青阁，取得旧钞二种，皆卢青厓家流出者也。《洞山九潭志》外，又《姜氏秘史》一册，有休宁汪季青藏印。谈次又及前所见之远山堂钞本，《里居越言》实为祁彪佳信札，在杭估处者有十许册，而在绍兴某估处者实尚有三十许册。去岁江南土改，祁氏世守之书遂散，分析异地，在杭者有祁承㸁稿本《两浙古今著述考》如干册，而在绍兴者尚有《老子全书》一册。竹纸明写本，板心有"聊尔编"三字，为承㸁早年所著，卷端有长子骏佳手跋。又《易测》一卷，亦聊尔编格子写本。又《澹生堂集》八卷，前有陈继儒、梅鼎祚序，明写本，卷端有骏佳跋，谓旧本太繁，今重订而为此八卷者。又残本《守城全书》，为当日所纂，未及刊布者，亦有手跋。此皆三百年中深藏秘守之册，际此重出。而澹生堂一家故实，遂灿然大备，岂非盛事。去岁余得张宗子稿本《史阙》及

《琅嬛文集》,亦自绍兴流出者,今年更得见此,更冀进而得之。存此两浙乡贤旧迹,实为幸事,因遂跋此。壬辰五月廿五日识,黄裳小燕。

祁氏遗书后皆收得,凡二十许种。彪佳手稿《万历大政汇编》、《东事始末》等二书,则已归之中央文化部矣。祁氏诸书,余皆得寓目,眼福可谓不浅。癸巳新春初五日,黄裳。

江夏黄氏家谱

　　癸巳十月初八日,余纳采于当湖朱氏,偕新妇谒妇家于姑苏,漫游玄妙观,于旧肆得此《江夏黄氏家谱》旧钞本,有李根源曲石精庐藏印。估人告丕烈名氏亦在其中,至可喜也。荛夫年谱,江建霞撰,王大隆补,皆未详其家世,得此大可解惑。士礼居主人故事,遂更明晰矣。袁寿阶、王惕甫皆为先生姻娅,来往亦密,藏书渊源,盖有自也。书买得后,即付曹有福君重装,今日始至,爰题记藏之。癸巳腊八后日,黄裳小燕。

北户录

此江乡归氏旧钞本《北户录》三卷，余获之叶铭三许，为吴静安氏遗书。吴氏为眉孙弟，能画，喜收藏，其书以金石类为多，绝无旧本，然皆装治甚精。余获取十许种，而以此为白眉，盖曾经鲍氏知不足斋收藏者也。吴氏曾有跋语夹于书中，云此为明钞，疑未定，盖所用纸系桃花纸也。江乡归氏不知何许人，钞甚旧，当在明清之际。诸家著录，有影宋钞本，目后有棚本牌子一行，此钞无之，不知源出何书也。吴氏又云，旧朱笔，似不通文义之人以缪本校改，可笑可恨，是否鲍校不可知。然所据系二卷本也，卷首以文三图记，则真迹也。余更见其遗书中，有师友笺存二大册，中有袁寒云、徐森玉、邵瑞彭、傅沅叔、樊樊山诸君子，首叶为其室人南蘋江采书端。今晨示辛笛，乃告此南蘋夫人已与它人同居，弃吴君遗书如敝屣，甚致嗟叹。去住无端，山河泡影，正可不必多情若此也。吴君地下有知，当亦不以此言为唐突乎。庚寅二月十七日，黄裳。

适取《十万卷楼丛书》本比勘，据陆心源序，所藏为汲古毛氏影宋钞本，往往与此本合，知此亦从宋本出也。宋本为临安府太庙前尹家书籍铺本，有牌记存目录后，此本无之。宋本系坊刻，鲁鱼亥豕往往而有，朱笔已多正之，然使佞宋者见之，必怪其不应多事乃尔也。朱笔不知果出鲍以文否？以俗本更三卷之旧，大似俗手所为，以是不敢遽定。

庚寅春暮三月廿七夜记，黄裳。

剧谈录

　　《剧谈录》余旧藏嘉靖刻，只馀下卷。有抱经学士手校甚多，已重装藏之矣。屡欲配补而无有也。昨日过市观书，于架上抽得此本，旧钞甚精，为江山刘氏故物，亟挟之归，亦一快也。高秋晴爽，摩拭故纸，亦人生乐事，因遂跋之。丁酉闰八月初四日记。黄裳。

　　嘉靖残刻抱经校外尚有劳季言细字校语甚多，曾于清吟阁目中见之，后归结一庐朱氏，不知后人谁家，仅存下半，余收得于郭石麒书包中。旧本因缘，琐琐记之。癸亥大暑前日展书记。黄裳。

　　涵芬楼有明写本，汪启淑家书。十行，廿四至七字不等。序后有"陈道人书籍铺刊行"一行。前有乾宁二年二月池州黄老山白社序。有士礼居跋二通。是此书佳本。甲子春分日，试尺木堂造研经校史之墨跋。

《剧谈录》二卷，宋池州康骈述。旧精钞本。钞白，十一行，廿一字。收藏有"江山刘履芬观"（朱长）、"彦清珍秘"（白方）。

五国故事　三楚新录

　　此遂初园藏书也,得之海上修文堂。主人孙氏,与余甚稔,时以旧本送阅。此二册久置架上,无人顾问。今日饭后偕丁力兄又过其肆,索书观之,无当意者。主人于架上抽此两册见示,即挟之归,不问价也。一九四九年十月廿二日,灯下记,黄裳。

　　此《五国故事》、《三楚新录》二种,璜川吴氏精钞本也。二年前见之修文堂架上,即购归藏之。余向留心南唐遗事,收书不少。十年前且曾有《南国梦》剧本之作,以意中有人足为小周后也。茌苒十年,旧梦都醒,唯馀一笑。篋中所存故书乃渐多。近更获嘉靖万玉堂本马令《南唐书》,有钱叔宝校笔,漫读故事,然却无所用之。今夜酒后无事,取书读之,因更跋卷尾。辛卯十月廿六日,海上初寒,黄裳记。

　　《五国故事》二卷。《三楚新录》三卷,儒林郎试秘书省校书郎前桂州修仁令周羽冲编。旧钞白本,十一行,二十一字。有朱校,收藏有"璜川吴氏收藏图书"朱文方印。

江南别录

　　丁酉冬十月十九日收得，此书入《四库》。传世皆钞本，此是旧精钞本。《宋史·艺文志》、晁公武《读书志》俱作四卷，盖以所记南唐义祖、烈主、元宗、后主四代事，以一代为一卷也。此本则合并为一卷，为《四库》合。李后主召彭年入宫中，与其子仲宣游处，宜其于南唐时事，见闻独详。二十年前余究心南唐史事，曾撰《南国梦》剧本，以付月娇，盖拟其人为小周后也。杂置伊妆阁中。余入蜀后，此剧未演，稿本亦失去。今得此书，亦复何所用之。跋此慨然。

　　《江南别录》，宋陈彭年著，旧精钞本。钞白，八行，十六字。

江表志

赵素门手钞本。虞山翁氏藏书。壬辰秋日,余偕友人陈君入京,车抵津门,辄小住半日,同游梨栈劝业场,其中有古书肆,似是藻玉堂分号。三十年前常过之,古书盈架,不敢问鼎。忆曾见新刻《桃花扇》于此肆,爱其纸印明丽,问价六金,废然而止。事犹如昨。此番重过,询其可有佳本,出新收常熟翁氏家书数种,皆至佳。因得明人皮纸兰格钞本《浣花集》及此册归,至得意也。辑宁杭人,喜钞书,八千卷楼藏其写本独多,它处则罕见之。卷尾有其手书题记一行。

钓矶立谈

　　此黑格旧钞本《钓矶立谈》，袁芳瑛卧雪庐藏书。得于汉学书店，洎今将三年矣。此钞当尚在曹栋亭刊板之前，清初物也。原有衬叶，厚重不耐观，旧跋多及闲情，亦不惬意。爰拆去重装之，移时而就，手段殊不恶也，呵呵。辛卯十月廿六夜记。

　　曹栋亭曾刻此书于扬州使院，黄荛翁有校本。后有"临安府太庙前尹家书籍铺刊行"一行，是曾有南宋棚本也。今不知尚在人间否。得书后三十五年重跋。甲子春分。

　　《钓矶立谈》，黑格旧钞。十一行，廿二字。上下黑口，四周双边。收藏有"古潭州袁卧雪庐收藏"（白文大方印）、"石间高岱"（白方）、"竹阴馆"（朱方）、"云岑"（朱长）、"岱"（朱方）、"山人"（朱长）、"鸟语花香"（朱方）、"丹丘"（白方）、"天藻"（朱长）、"子孙保之"（朱长）、"扫尘斋积书记"（朱方）、

"礼培私印"（白方）。前序尾有"宋费枢撰"四字，旁朱笔批"此系妄人所增，墨迹亦不合"，旁有墨书一行云，"此朱笔系袁漱六先生所校，礼培记"。

南部新书

二十年前吴下估人时时以旧书见示，每索重直以去。即残本亦留之，不欲拂其意也。一日挟旧钞数种来，皆严豹人家物。此《南部新书》存甲至己，凡六卷；又豹人《续词苑丛谈》稿本，却是完书。又杨复吉家钞本一册，不忆何名矣。喜而得之。豹人与荛圃友善，相与过从商榷书册版本，其家书流传却罕，仅见此数种耳。历劫归来，已为装潢成卷，暇日展阅漫书。黄裳记。

《南部新书》甲至己卷，钱后人希白撰。旧钞白本。十行，廿一字。前有嘉祐元年翰林侍读学士钱明逸序。乾隆丙午松陵杨复吉跋。收藏有"严蔚"（白长）、"长州严蔚之印"（白方）。有朱校甚精。

文正王公遗事

　　旧钞本。吴枚庵朱校,并跋。嘉业堂藏书也。壬辰夏日,游京师,访孙助廉于其家,绝无一书。助廉亦寂寞无聊,于枕边出此册赠余,因携归藏之。

能改斋漫录

　　此残本《能改斋漫录》，存卷十一之十八，凡八卷，钱氏述古堂精写本。余数月前见之来青阁，盖朱鼎煦氏物也。其人颇极狡狯，索高值分文不肯让，遂退还之，后终以残帙无人顾问，复以归余，尚未偿其书直也，又索去求售于孙助廉。助廉收书甚豪，而近以讼累，不复收此，其人无所措仍以归余。此戋戋数册书，出入余家凡三数次，今日更携之归，念当终长伴余斋头案上矣。近日与朱君光耀违离，其事亦绝类此，已允来沪上矣，而终未来，已复书不更相往来矣，而又念之不已。其终如此书之离而复合乎，人事每每如此。余又何能预知，复何能免锺书难得佳人之诮乎？此本为佞人涂抹，更别写弄珠女史手钞字样于卷尾。其实非也，朱某更为证之于《敏求记》，谓为侍史所书，皆不必也，当更装而藏之。辛卯九月廿七日钿合重圆之日，黄裳记。

梦粱录

　　《梦粱录》旧本断种已久。天一阁钞本及其他明钞皆一卷本，盖杨循吉删余之本也。钱遵王家有二十卷本，录自李中麓旧藏书。此旧钞从南宋临安书棚本出，可至宝爱。卷中有缺字处，殆所据宋板如是。惜卷尾有数叶霉损，无从补缀矣。今日天雨，寂寥甚，闲步过市，得此于来青阁。同得尚有明钞二种，出海盐涉园张氏、泰兴季氏。久不见异书，得此不禁眼明。乙未三月初五日，黄裳记。

　　　　《梦粱录》二十卷。旧钞本。钞白。十行，二十字。首有
　　　　甲戌岁中秋日钱塘吴自牧序。次目录，后有"临安府棚北大街
　　　　睦亲坊南陈解元书籍铺刊行"两行。钞手颇工，惟"梦粱"俱作
　　　　"梦梁"。

武林旧事

　　此钱塘吴尺凫先生瓶花斋手批校本也。有先生手跋及补录缺番如干则。朱墨纷披,雅韵欲流,为余斋中俊物。月前余偕蕙游杭,宿湖壖二日。荡桨西泠,拈香灵隐,更遍访清河坊书肆,搜得古香楼藏旧钞本《续通鉴长编》及黄氏琴趣轩钞本《钱塘遗事》,携书归来,夜饮楼外楼中,微醺后荡舟归寓。煮茗对坐,展卷并读,蛾眉促坐,灯前尔汝,大似姜白石诗中意境,念之不忘。归沪而此书至,更俪以魏稼孙手钞本《玉几山房听雨录》,是皆有关泉唐之书也,一时并至。山灵作缘,异书来投,如此俊遇是当书之书眉,以为永念也。今日病起,展卷研朱记。时庚寅首夏四月廿五日也。黄裳。

　　菰蒲清浅水平沙,着个瓜皮艇子斜。榜尾斜阳成一顾,为渠烘上脸边霞。

　　醋鱼醇酒绿莼羹,不是湖楼浪得名。如此好春拼一醉,醉看红袖更倾城。

娟娟初月媚黄昏，眼底青螺远黛痕。数桨声迟人语寂，不知身在涌金门。

未妨闲度好春时，并立苍茫读断碑。依俙惯做痴情想，不是栖栖在乱离。

后七日，夜读两峰《香叶草堂诗》湖上绝句，依韵四首纪事。黄裳。

此目卷七以后及正文补钞，皆出彬侯手书。四水潜夫一序则尺凫手写，名翰可爱，因为拈出。癸巳五月，小雁。

得此书后十九年，始取新刊一校。所据为长塘鲍氏本，未半，而有去奉贤海滨之讯，然则校书之事，当尚稍迟也。嘻！己酉九月十九日，黄裳记。

此书所据原本大抵与正德间宋廷佐本同，然亦有胜处。尺凫校笔所据，云是汲古旧本，不知果为何本。取校宋刻及长塘鲍氏本，佳字尚多。少少校之，如卷三"祭扫"条，妇人"泪装"之作"淡装"，"春风鼓舞"之作"歌舞"；"岁晚节物"条，"天行贴儿"当作"帖儿"，"阮郎"之作"刘郎"；卷六"瓦子勾阑"条，"薄苛"当作"薄荷"，"风雨暑雪"当作"暑雨风雪"之类，皆此本胜处也。时日迫促，不能遍校，少记端绪如上，留待他日校为定本可也。后日将去奉贤海滨，夜饮归来记此，志岁月焉。己酉九月十九日，灯下记。

《汲古阁秘本书目》有"《武林旧事》四本精钞。六卷十四叶已前世有刻本，十五叶已后至十卷，秦酉岩从内府钞得。今觅善书者通本精钞"一条。是为斧季所藏第一本。此册有毛氏父子印记。前六卷所据，大抵正德宋廷佐本，补钞半出曹彬侯手。虽非通体精钞,然旧本面目俱在,为可贵也。尺凫精校,更其馀事。己酉九月廿三日,黄裳更跋。明日去华亭江上去矣。

汪氏振绮堂藏此书二本。一嘉靖庚申陈柯重刻本,一小山堂钞十卷本。小山堂本即据此本写出。尺凫诸跋全录入,惟十卷尾补入一卷,尺凫朱墨二跋无之。又前叶中"棋待诏"条第一行亦无之。可证小山堂假录时,"棋待诏"下诸条尚未补入也。赵本别有樊榭手跋一则,今据补之:

> 修门出处见宋玉《招魂》辞中。李善注,郢城门也。郢盖楚都,宋人遂借为都门之称。若吾杭地名则无此也,绣谷先生偶误,不可以不辨。乾隆壬戌九月五日,厉鹗记。追思吾友下世已十年,不禁泫然。

樊榭于绣谷为晚辈,此跋纠其失,生死交期,不废商榷,有足观者。乙巳十月初一日,漫录。

《武林旧事》十卷,旧钞本。十一行,二十字。上下线口,左右双栏。前有序目。收藏有"虞山毛晋"(朱方)、"毛扆之印"(白方)、"斧季"(朱方)、"笠泽"(朱方)、"来云馆"(朱长)、"每爱奇书手自钞"(朱方)、"曹炎之印"(朱方)、"彬侯"(朱方)、"悠然见南山"(朱长)、"言里世家"(朱方)、"绣谷薰习"(朱长)、"吴焯字尺凫印"(白长)、"慎流传勿损污"(朱长)、"钱唐书藏"(朱长)、"臣焯"(朱白文套边方印)、"尺凫"

30

（朱方）、"西泠吴氏"（朱长）、"绣谷"（朱长）、"尺凫"（朱长）、"手典山川"（朱长），吴尺凫朱墨笔手跋。

《武林旧事》十卷，元周密公谨撰。此虞山毛氏旧本，余得而插诸架。郎瑛《七修类稿》云，公谨居齐之东，作《齐东野语》；居杭癸辛街，作《癸辛杂识》；泗水出山东，号泗水潜夫；居华不注，号弁阳老人。第此编皆叙行都事，似不应题泗水。今此本作四水，当别有意义。郎瑛又云，旧本十二卷，杭刻其六。全者在吴人袁飞卿家，海盐姚士麟续刻五卷，其第一卷"棋待诏"诸篇，此本无之，当为录补。尚缺一卷尔。康熙戊戌春王十有九日，绣谷亭主。（墨书，下钤绣谷印）"棋待诏"诸条，原是第六卷，刊本误析，有辨见后。（朱笔）是岁闰中秋，又得毛氏汲古阁旧本，方见潜夫原序并卷尾元明人二跋，亟为录补。此书凡三校阅矣。绣谷主人在金粟香中书。（墨书，下钤"吴焯字尺凫"印）己亥中春，再取汲古旧本校雠。凡脱误处并从是正。疑者标注于傍。盖古今名色不同，未可以文理断也。是日病起，鉴阁垂丝海棠盛开，坐观竟日，点终此卷。（朱笔，下钤"尺凫"小印）

修门地名也。文山《指南录序》亦有皋亭山距修门三十里。今杭郡志不闻有是名，即卷中白石茅滩诸名，亦湮没难考矣。明日望月起再书。（朱笔，钤"臣焯"印）又明日饭罢，录补漏叶三处，各数百字。病馀头目森然，第无以销长昼，然晴窗拂几，心地转觉清凉。后之读是书者，可无牴牾之疑矣。大凡旧籍不经校雠，终非善本，且传钞尤多鲁鱼帝虎之憾，所以古人聚书,不徒取乎缥缃之富,然插架万卷,岂易尽阅。惟日不足,苦心者自知之。是日吾友徐研庐以《建溪舟行》诗见示,吴中顾翰林侠君来访,不晤而去。侠君刻元人集百馀种,尚俟商榷也。绣谷吴焯。(朱笔,钤"尺凫"小印)

吾友郑芷畦《湖录》云,四水者,湖城以苕水、馀不水、前溪水、北流水合而入于郡城之霅溪,故有四水之名。旧人诗"四水交流霅霅声"是也。据此则四水乃湖之地名。公谨生于湖,中年虽迁杭,晚仍归老弁山,又号弁阳老人,则四水潜夫之号,亦犹是耳。古本作四水,洵乎不缪。然余疑此义十年,方得其说,实为快心。己亥中秋日焯书。(墨笔,钤"吴焯"白文、"尺凫"朱文小联珠印)

偶见汲古旧本,补书二跋。戊戌闰中秋,绣谷再题。(墨笔,在卷尾)

此原接前第六卷"诸色技艺人"之下,自传钞既失,而《秘籍》刊本误别为一卷,与前隔断。征汲古旧本,几不见原书矣。大抵明季人刊书,俱犯妄作之弊,而《秘籍》与《说郛》、《稗海》则尤缪戾之甚者。己亥二月望前一日,鉴阁书。(朱笔,在卷末)

自警编

明棉纸蓝格钞本，存一厚册。十行，廿字。不分卷，此为第三册，于书根题字知之。开卷大题无卷数，次行题"事君类上"，又次行题"忠义"二字。此书明刻有五卷本，又十一卷本，未见。曾取《历代小史》本一校，多所删节，字句亦多异同，皆以明钞为胜。得之甬上。

吹剑录

  去岁冬，郑西谛质于某氏之纫秋山馆行箧书，将出售矣。余为谋所以赎归之道，商于文海，以黄金八两议定。付去款一半时，金圆券方暴跌，翌日书贾遂悔前约，其事终未成。余则于文海购取嘉业堂劫馀零种数册以归，此其一也。书为明钞，卷前钤印累累，珍重之至，未经题记。其"石湖卢氏家藏"一印甚旧，不知谁何。适于铁琴铜剑楼书影中见宋板《温国文正公文集》后，黄丕烈跋中所记卷中（第八十）后空叶有墨书三行，云国初吴儒徐松云先生收藏《温公集》八十卷，缺第九卷，雍谨钞补以为完书云。弘治乙丑秋九月望日，石湖卢雍谨记。是吴中藏书故家，卷首藏印当即其人也。后又归王雅宜、范承谟、季沧苇、揆文端、叶名澧、结一庐诸家，皆足为是书增重也。今日午后早归无事，爰记此一段故实。天气阴晦，斋居翻书，不觉移暑。一九四九年十一月八日，黄裳。

宋唐义士传辨义录_{附唐氏原谱}

旧精钞本。九行，廿字。竹纸墨阑。首列《唐珏传》二通，一陶宗仪撰，一詹载夫厚斋撰（皇庆二年）。次嘉靖戊申古越徐渭文长《辨义录》。次明奉敕祭告宋六陵赐进士第礼科给事中孙杰撰序。次谢翱《别唐珏冬青树引》。次赵孟頫等题诗。次金华宋濂《唐存中小传》。次顺治乙未鲁梦泰《文石公小传》。次康熙己酉施闰章撰《伯文先生传》。次唐氏原谱，起第一世唐介，宋进士，讫第二十七世。此册得之越中，写手极旧而精，殆欲刊而未成之本也。

姜氏秘史

　　此旧钞《姜氏秘史》一卷,古香楼汪氏藏书也。来自甬上,盖自卢青厓家流出者。余得旧钞之有两家递藏图记者不少,墨瀋因缘,殊非偶然。昔曾得此书之《豫章丛书》本,今已失之,未能对读。此书旧刻无闻,传世极罕,如此清初旧钞,已可球璧视之矣。壬辰五月廿四日,黄裳小燕记。

天顺日录辨诬

　　嘉业堂书于劫中散出，先有部分归朱嘉宝，后张叔平更巧取豪夺以去，后张以事遁香港，不敢归，其书则由三马路新张之文海书店售出，余买得多种。今所见刘翰怡书之前后有朱张二印者，皆如此展转以出者也。其钞校本有一目，余录有副本。不尽精而亦有精绝者。亦为南京某君（或云系图书馆）先取一部分去，馀者庋于一弄堂书店之阁楼上。余因为西谛购赎纫秋山馆行箧藏书，得入内纵观。所馀如明钞《说郛》、《国朝典故》等皆不恶，而翁方纲《四库提要》稿尤为巨观。以直昂力有未逮，终乃得明钞旧钞三数种，以为纪念。此册及《吹剑录》、《幻迹自警》三册皆是也。后韩佶士保以金价微涨，余本已谐价付款，终乃悔约，郑氏藏书终归四川商人李某捆载入蜀矣。此事不成，甚令憾惜。今日书价日昂，而时世更非，余亦久不收书。灯下无事，辄取旧本翻阅遣闷，因漫识数语。时三十八年五月七日也。天燠如仲夏，期人民义师不至，令人闷闷。黄裳。

社事始末

　　此书记明清之际社事甚详,大胜梅村之作。然亦多舛误,如祁彪佳自沉寓山园池中死,而以为拒守邗沟死,李越缦日记中已言之矣。此本写手颇旧,辛卯八月廿日,石麒得自云间,盖封文权家故物也。卷首不著撰人姓氏,只于卷尾记"康熙壬申三十一年三月十一日,山西大同府蔚州广昌县知县杜登春让水氏手订"而已。

　　《社事始末》,旧钞白本。九行,二十字。收藏有"柳汀"(白文套边方印)、"庸盦"(白方)。

复社纪略

　　此太仓陆氏《复社纪略》，旧钞本，不分卷，而叶数自为起讫，似三卷本。写手甚旧，当在乾隆中也。未尝墨板，诸家著录皆钞本。缪荃荪所钞今在李氏木樨轩者二卷本，亦有作四卷者。此本前有复社总纲，当亦作一卷，然则当是四卷本也。纪复社本末者，《幸存录》及杜春生书传世最多，此书世罕知者，而所存章疏及当时人撰著最多，社中姓氏亦首著之，皆后来诸家著录所宗。傅节子蓄此种书最多，而《华延年室题跋》中亦未及此，可知稀见。余近增辑旧日所作《梅村鸳湖曲笺证》，忽见此本，中多吴来之故事，大喜逾望，亟收得之。书估即售许玄祐家书者，曾有《太真全史》之附图本，已别售，留此以归余，事亦可纪。是余之所好，终与世人殊酸咸也。戊戌十月廿五日，后二日为大雪节。黄裳。

　　《复社纪略》，太仓陆世仪桴亭氏辑。旧钞本。黑格，九行,二十字。前有复社总纲,起崇祯元年,讫崇祯十六年五月周延儒放归。然叙事则终于崇祯九年十月张国维具疏回奏事,殆是未尽之书。

甲申三月纪事

　　此邵渊耀手钞《甲申三月纪事》一卷，未见著录。甲午七月，吴下所收。

　　此亦晚明野史之罕见者，记甲申三月京师诸事颇详悉。四月十八即南行矣。其记吴昌时死事，亦诸家记载之仅见者。又记张缙彦诸状，皆出目验，是可珍也。其人于癸未十二月初九日入都，甲申三月十五日督节慎库，前任则主事缪沅也。杂记诸事，有同于他书者，亦有不见旧记者。其书出于旧宅败垣中，盖深藏密锁二百馀年物也。是可重已。余十余年来肆力收晚明史籍，所得不少。然陆续出以易米，箧中所存，只数十册矣。秋晴展卷，漫阅一过并记，时日影满窗。丙午九月十八日。

　　案，钞本一卷，邵渊耀手写。竹纸绿格。半叶十行，四周双边。板心下有"枕经书屋"四字。后有跋二通，一旧跋："乙酉之夏,邵中翰方虎修葺新宅,得是编于败垣中,前后残缺甚多。予借归,即其存者,另为录出,妄以'甲申三月纪事'名之,然不知作者何人,溯其行藏,□□□□,尚俟考订尔。花隐居士苏可识。"另一跋出渊耀手:"此□□为西庄王存溪所藏。今春余婿苏德卿得之,因从借观。以其出自吾家,而向来转无其本也,乃草录一通,聊备插架。至作者称时给事为同门同年,而检核邑志,庚午丁丑诸君,其履历无一相符者。则似非出吾邑人手矣。又何以藏稿于是宅邪? 姑引疑端,以俟来哲。时道光庚寅长夏,隅山邵渊耀书于周沈巷之蒲房老屋。"下钤"寿泉"印。

《纪事》记农民军入北京后追赃事甚详。又卷尾杂记:"予□癸未十二月初九日入都。先一日,周宜兴延儒赐帛,自尽于前门关帝庙中。吴昌时□□□典刑。都人传昌时坐竹筐中,里衣俱脱,赤身号呼,惨甚。"晚明野史记周、吴事甚多,余三十年前曾辑为"吴昌时事辑",用以笺梅村诗,却未见此。

晒园杂录

　　今春杭估陈某携书一批来沪售余。皆出吴兴包氏，多奇零之本，无有完帙。余所获有《危太朴集》、《马石田集》、《河东先生集》，皆旧钞而经名家收藏，幸皆获完。而《粤游草》两册系吴枚庵手批校者。此册钞手颇旧而不知撰人，亦不知完否，书名"晒园杂录"亦仅从部叶得之。书不足重，聊资翻阅而已。辛卯二月廿四日，黄裳记。

　　此册所记多明清易代之际野史。漫阅一过，颇有可资考证之处。卷首"吴平西"条，记三桂事，大异他书。乃知此是异书也。重装前记。癸巳冬，小雁。

　　温晒园以《南疆逸史》有时名。此册当是长编札记之俦，世无著录。写手甚旧，康熙中物也。阅前跋，同时所得诸本皆已易米，只此册尚存箧中，不禁慨然。《马石田集》为曝书亭钞，前有渔洋手跋一叶，最佳。《河东先生集》为惠定宇家物，《危集》别无印记，一

43

厚册,钞手亦旧。诸书皆有陈西畇印记,冬夜记此,以存鸿爪。甲辰腊月廿六日。

壬辰冬腊,小驻湖上。访书旧肆,偶与书友闲话,知此数书出于杭市人家,售之文艺书店估人,又由陈某名小六爷者,挟沪归余者也。估人言,此数书买得时,价甚廉,归而检阅,其后俱有残缺。翌日询之,书主则云,恐虫蛀不好看,已扯下烧之矣。此盖水火兵虫外之又一劫也。此本曾经惠定宇、张绍仁两家收储,后必有跋,今不可见矣。此次在杭,曾于小六爷之兄所谓陈六爷者肆中,买得旧纸数百张,皆拆下于明板书者,暇当更为手补缺番,惟不知何日始有此暇也。癸巳上元,坐雨不出漫记。黄裳。

旧钞本。十行、廿八字。首叶即起"吴平西"条,别无大题。《哂园杂录》之书名,则于册中得之。卷前有"包虎臣藏"朱文小方印。写手甚旧。按哂园为温睿临别署,此册当是撰《南疆逸史》时资料之一。所记晚明史事多异于他书。凡四十四目:吴平西、马宝、西陲纪略、吴启爵开黎事、尚平南、蔡仁庵、梁三、何傅、王妃死节、李相如、钱法、韩大任、刘大胜、饶州兵变、黔苗、孝妇、白猿、来园、牛神仙、守节妇、取鳇鱼法、孙率礼、张煌言、周宗彝、徐昭法、章正宸、沈孝子、唐烈妇、烈女、李长祥、徐云吉、三魏先生种兰、张刘李丐诸仙、姚启圣、崔星海、王础尘、耿精忠、寿山石记、郑芝龙、陈启春、施福、遗史阁部书、史阁部报书。

吴兴包氏藏书,佳本往往见之《京师图书馆善本书目》。

鲁迅写校《嵇康集》所据之明人旧钞,即其家物。其藏书烬馀似在湖上。辛卯初春,杭估得其旧藏不少。余所见所收有旧钞《马石田集》,有王贻上手跋;旧钞《河东柳仲涂集》有惠定宇、陈西畇藏印;澹生堂钞《雁门集》等凡十许种,大半旧钞。过眼烟云,辄复记此。

《哂园杂录》,旧钞本,钞白。十行,二十九至三十字。

幸存录

朱希祖跋此录之六卷本,有云,是书尝有二本。其一少详,且志阮大铖语曰,此敝门生钱谦益也,而一本无之。疑芟之者丙戌之后东涧之客为洗雪而削去之耳。此据全谢山云,大是异闻。可征当日门户杂揉之状。辛卯秋八月廿日,海上所收。

《幸存录》,旧钞白本。九行,二十五字。前有叙,不著夏允彝姓氏。后有钞书者跋云:"宛平王氏,富贵甲天下。余自康熙甲午入都,时文靖公已殁,园林第宅之胜,丝竹管弦之乐如故也。曾几何时而园亭拆矣,田产售矣,青箱堂藏书数万卷尽之他人矣。而群从子弟,未尝无仕于朝者也。吁,可慨也。是书余借钞末完,索之甚急。闻售于已降天津盐道彭家屏,盖欲献之制府李卫云。"收藏有"林令旭"(白方)、"晴江"(朱方)。

所知录

　　《所知录》向来收藏家所储皆少完本。大兴傅以礼得《荆驼逸史》本汇刻三卷而无附录，又借庄仲求司马、谢枚如舍人两家旧钞补缀而犹缺《髳绝篇》，后展转自萧敬孚处钞得，长跋记之。此本首尾完俱，诸诗搜罗最备。旧钞足本，大堪珍重。瑞轩藏明末史籍佳本至多，余所得不少，而甚憾不得其人故实。闻石麒见告，来青阁主人杨寿祺知之，暇当询之。得书翌日检《华延年室题跋》，更记数语卷端。乙未二月三十日，来燕榭记。

　　《所知录》前尚有凡例五条，余别藏旧钞残本有之。其本为桐花轩旧藏，不知谁何。收于甫里梅花墅许家，信是渊源有自之物。己亥秋日记。

　　"阮大铖本末小记"文字甚佳，生动而真实，绝非臆造。如此人物，安可不入之说部中。癸卯新正初三夜，灯下阅记。黄裳。

《所知录》三卷，翰林钱秉镫稿。旧钞本。九行，二十六字。钞白。隆武纪年一卷，永历纪年二卷。末附"南渡三疑案"及《阮大铖本末小记》。收藏有"瑞轩"（朱方）、"独山莫氏铜井文房藏书印"（朱长）。有莫氏朱笔题记。

民抄董宦纪略

今晨访孙实君于修文堂，仍偕渠去孙伯渊寓观小绿天遗书，所存已无何精本。检得此旧钞《民抄董宦纪略》，秘书，亦有用之书也。卷尾有刘履芬藏印，亦流传有自者。前失四番，近时虽有印本，恐与旧钞不同，缺番未必能补也。庚寅十月十七日。

此旧人钞白，共三十九叶，失去前四叶，仅存讨董檄后半，以下即接"十五十六民抄董宦事实"、"府县示"、"府申各院道公文"、"十七日董求吴玄水书"、"府学申覆理刑厅公文"等。卷末有"彦清珍秘"白文方印，又孙毓修朱笔跋云："辛亥冬日得于吴市。有刘泖生印记。书颇奇閟，惜阙数番，安得补钞足之。留庵记。"旧封面墨书三行云："此本得于奉贤陈礼园家。董文敏居乡颇不利于人口，盖亦是时吴下乡绅习气，即徐文贞不免云。戊子正月十七日。"钤一朱文方印曰"须江刘眉士校藏"。此不知是泖生笔否？戊子当是道光八年也。卷首孙毓修朱笔记："据提学御史奏，昆山有周元晖一案,不知周案何似?各官为诸生卸罪,而董公欲避民抄二字,必罪诸生。未免所见不广。至提学衙门在江阴,其时业已如此,不自本朝始也。""此宁海章一山太史借看后所跋,为摹入卷中。"

又留庵朱笔题记云:"董之父号白斋,故自号思白云。思白有子四人。长孟履,次仲权,三季苑,四玉宣。孟履最好。仲权以恩例为南都别驾,被盗刃于涂。子名刚,以督镇吴胜兆谋叛事收捕,杀于江宁。孟履之子名庭,字对之,宏光时出守河南,力谕枳民降顺。沈犹龙恶之,嘱总兵黄蜚杀之卯中。右见松江李昌期《郡治纪略》钞本。共记四十五事,其第四则为'董宦民抄事略',不及此册之详也。注云'丙辰年事'。丁巳四月七日,留庵摘录。"

钤二印:"小绿天藏书"(朱文长印),"孙毓修印"(白文方印)。

案民抄董宦为晚明江南民变大案,与宜兴周延儒、常熟钱谦益事同为时人瞩目。然周、钱两案,只少存本末于祁彪佳《按吴政略》、钱士升《赐馀堂集》及《虞阳说苑》等笔记中,不如此董案文件汇编之全而备也。举凡民钞事实、府县告示、申道公文、府学申覆、批驳案卷、奏疏、乡绅公书、公揭、批申、会审断词,具搜罗无遗,更收董其昌致吴玄水求情书,此则绝不可见之于《容台集》中者。三百年前官官相护、求请私门之状,皆在此中。其昌之言曰:"今两台必须上疏,上疏恐铺述府文,民钞之名曷避也。""即乞兄翁雄笔属草,以速及兵尊为贵,如其不可,另行一路也。"豪绅如董玄宰,亦知"民钞"之可畏;"后门"必不只一扇,扇扇可通当路。钱士升曰:"以今日人事,参之天道,征之史册,万无不乱者,直争旦晚耳"。

50

(《答瞿起田》)正是绝好结论。《民抄董宦事实》云:"董宦父子,既经剥裈虐辱范氏,由是人人切齿痛骂,无不欲得而甘心焉。又平日祖和、祖常、祖源,父子兄弟,更替说事;家人陈明、刘汉卿、陆春、董文等,封钉田房,捉锁男妇,无日无之。敛怨军民,已非一日;欲食肉寝皮,亦非一人。"终至"各处飞单投揭,布满街衢,儿童妇女,竞传'若要柴米强,先杀董其昌'之谣。至于刊刻大书'兽宦董其昌'、'枭孽董祖常'等揭纸,沿街塞路。以致徽州、湖广、川陕、山西等处客商,亦共有冤揭粘贴,娼妓龟子游船等项,亦各有报纸相传,真正怨声载道,穷天罄地矣"。如此声势,真能写出当时民变真相。"强"者贱也,吴中方音民谣、揭帖,亦可信为实录。董宅火后,"时海防欲点兵出救,登轿于理刑厅前。吴四尊差人禀止曰:'不必出救,百姓数万,恐有他变也。'"其昌欲避去"民抄"之恶名,嫁祸于五学生员,而士绅内部矛盾起。《合郡卿士大夫公书》(二十八人)、《合郡孝廉公揭》(五十一人)、松江府生员翁元升等十二人辩冤状陆续而出,"况合郡缙绅,与董宦岂无狐兔之感,反出公言,与陆生申理"。(五十一人揭)非无故也。此中有杜士基者,留庵朱笔眉批曰:"杜士基有《类表》百卷,曾见钞本。留庵记。""公书"称:"先是旧年董氏与陆生争使女,寻已中解,而陆生含忍杜门矣,此一案也。久之《黑白》小传起。"留庵朱笔批:"《黑白卫传奇》,刺董也。详见毛祥麟对山《墨馀录》。"此事本末生员辩冤书中记之甚详,更尽数其昌平生劣迹,皆极佳史料。《事实》记:"白龙潭书园楼居一所,坚致精巧。十九日,百姓焚破之。抛其楼之匾额'抱珠阁'三字于河,曰:'董其昌直沉水底矣!'"此处有旧人墨笔书"无谓"二字。今日松江绝无董其昌一轩一石，一联一额。恐未能以"风流歇绝"目之，亦未可视之为"无谓"也。

一九八二年二月五日

《民抄董宦纪略》，旧钞本。钞白。半叶九行，行二十五字。前缺四番，通三十九番。收藏有"须江刘眉士校藏"（朱文方印）、"彦清珍秘"（白文方印）、"小绿天藏书"（朱文长印）、"孙毓修印"（白文方印）。封面有旧人手跋："此本得于奉贤陈礼园家。董文敏居乡颇不利于人口，盖亦是时吴下乡绅习气，即徐文贞不免云。戊子正月十七日。"卷末有孙毓修朱笔跋："辛亥冬日，得于吴市。有刘泖生印记。书颇奇闳，惜缺数番，安得补钞足之。留庵记。"又孙氏朱笔记："董之父号白斋，故自号思白云。思白有子四人。长孟履，次仲权，三季苑，四玉宣。孟履最好，仲权以恩例为南都别驾，被盗刃于涂。子名刚，以督镇吴胜兆谋叛事收捕，杀于江宁。孟履之子名庭，字对之，宏光时出守河南，力谕枳民降顺。沈犹龙恶之，嘱总兵黄蜚杀之泖中。右见松江李昌期《郡治纪略》钞本，共纪四十五事，其第四则为《董宦民抄事略》，不及此册之详也。注云丙辰年事。丁巳四月七日，留庵摘录。"又朱笔跋："据提学御史，昆山有周元晖一案，不知周案何似。各官为诸生卸罪，而董公欲避'民抄'二字，必罪诸生，未免所见不广。至提学衙门在江阴，其时业已如此，不自本朝始也。此宁海章一山太史借看后所跋,为摹入卷中。"又书眉孙氏批:"《黑白卫》传奇刺董也。详见毛祥麐对山《墨馀录》。留庵记。""杜士基(案系'合郡孝廉公揭'之一人)有《类衷》百卷,曾见钞本。留庵记。"

懿　蓄

　　旧年春余方自杭春游归来,石麒即以此九峰旧庐所藏钞本一单见示。时书市寂寞已久,故书贱如泥沙,几无有过而问之者。王氏后人窘迫求售,其状可悯。此单内所存佳本,不逾十部,余得其六,去泉八十万金,值米不及三石,当时已视为豪举矣。此外尚有尺凫精校跋本《武林旧事》、天一阁蓝格钞本《大金国志》、明钞本《珊瑚木难》、旧钞本《九灵山房集》及魏稼孙手钞本《玉几山房听雨录》,皆佳书也。退还者有劳季言、周季贶校旧钞《恬裕斋藏书记》,蓝格旧钞本《甲申野史汇钞》十种。后三月而万历刊《东周列国志》出,因循失收,为黠估掠去,获利几五倍。于是王氏书遂不复能更出矣。殆亦一时机缘,可遇而不可求者耳。后孙助廉南来,挟佳椠数十种售之文化部,余亦得其精品不少,书值遂一发而不可复止。以视余获此数书时,几涨十倍。求书辛苦,更逾昔时,闲窗展卷及此,辄书数语志慨。辛卯春三月初八日灯下记。

此《懿蓄》前后编两卷旧钞本，历经扫叶、谦牧两家收藏者，世无刊本，亦秘册也。庚寅首夏海上所收。

余后又得洗桐斋旧钞《竹友集》、《安禄山事迹》，亦有此扫叶山房印，不知与席玉照有无关涉也。黄裳记。

史祸纪事本末

乙未上元前一日，吴下估人持此册来。此有关庄史之狱文献，于卷中可窥清初文网之密，书坊情景亦曲曲可观，良史料也。来燕榭坐雨记此。

魏公为范骧子。骧亦庄史参阅者之一，与陆丽京、查继佐同因书未寓目、事前检举得脱。然范名不彰，不及查、陆远甚。丽京后逃禅远游，不知所终；继佐《罪惟录》稿本亦得覆印行世，只骧事几无知者。非此稿本仅存，其事迹殆将淹没而无人知之矣。卷中有宗楷笔，则陆氏子也，似狱解两家亦凶终隙末矣。震霆之下尚何友朋之可言，读毕为之三叹。得书后四年，寒窗记。

谢国桢《晚明史籍考》作"范氏记私史事一卷"，所据为吴兴刘氏嘉业堂藏钞本，北京图书馆藏钞本，《南林丛刊》本。谢氏案语云："骧字文白，号默庵，性孝友，工书，环堵萧然，日以经学自娱。因史案被逮，释后志气如常。卒年六十八。门人私谥清献先生。

是书为文白之子韩记史案情事,述其原委颇详。"谢书又著录《秋思草堂遗集·老父云游始末》一卷,钱唐女史陆莘行缵任氏撰。傅以礼有跋。丽京脱罪后往粤,从金道隐为僧,法名德龙,字谁庵。又从函昰游,改名今竟,字与安。云游东南,每至易姓名,不知所终。被难时莘行方七岁,后适祝鲲涛子棐,字龙自,年九十馀乃终。《鲒埼亭集》卷二十六有陆丽京事略,记其事颇详。今日午后雨风大作,灯下检书更记。黄裳写于来燕榭中。

"陆圻字丽京,鲲庭之兄也。为文长于俪体。乱时避至东浙,馆于吾家。言当此兵戈载道,无不闭门听难,而宾客满座,盗贼不犯者,惟朱湛侯与黄氏两家耳。庚寅同宿吴子虎家,夜半推余醒,问旧事,击节起舞。余有怀旧诗:'桑间隐迹怀孙爽,药笼偷生忆陆圻。浙西人物真难得,屈指犹云某在斯。'史祸之后,丽京以此诗奉还,云自贬三等,不宜当此,请改月旦。其后不知所终。人有见之黄鹤楼者,云已黄冠为道士矣。"此黄宗羲《思旧录》一则,记事可珍。史祸之后,丽京盖深有所悔,展转刀斧之下,未能抗言,只有泥首偷活,此殆后来弃家出亡之因也。甲子闰月初十日,黄裳漫录。

《史祸纪事本末》,七十有二范韩魏公谨述。手稿本。八行,二十字,朱笔改书名为《私史纪事》。通体朱墨笔校改。后有自跋:"壬午冬十二月,太史毛大可先生顾余荒斋。细讯南浔史事,余一一详言之。先生年高,不能记忆,后为友人作叙,见其前后遗忘,年月失次,殊为可惜。今年春王正月,吴庆伯先生命令子过索史难始末,余恐当代名人不知其中觊缕,徒为好事者粉饰其词,敬直书之,以质诸高明长者,恳鉴而分明辨别之,幸甚幸甚。七十有二老人范韩拜启。"后钤"范韩之印"(白方)、"魏公"(朱方)二印。卷中有墨笔批,属"宗楷笔",皆陆氏子为陆丽京、梯霞辨诬之词。收藏有范韩二印,又"寄情处"(白文方印)。

三冈识略

　　此册残存卷三之五,凡三卷。后一年更收一旧钞残本于肆中,
存卷八之十,亦存三卷。后附《三冈续识略》及《莼乡赘客自述》。
竹纸钞白,写手与此颇类,亦巧合之事也。计尚缺卷一之二、卷六
之七,凡四卷耳。此书无刻本,藏家亦少著录之者。孝慈堂有一
目,云十卷五册。卢元昌、沈白序跋。《贩书偶记》亦著录一旧钞本
云,《三冈识略》十卷,补遗十卷,续略二卷,续补逸一卷。其书以编
年为体,不应有补遗十卷之多也。此亦明清之际野史之一,当重装
并储之。他年苟得遇全书,何幸如之。丙申春晚三月廿六日,黄
裳记。

　　《三冈识略》,未尝刊刻,传世皆钞本也。此册残存三卷,写手
甚旧,当在康熙中。得于石麒许。付工重装,便暇日翻阅。近日旧
本难遇,此种书亦装之矣,可为一叹。乙未八月初二日记。

《三冈识略》存卷三之五,云间董含著,一字阆石,一字榕城,别号赘客。黑格旧钞。十行,十九字。上下黑口,四周双边。

三冈识略 又

旧钞本。九行,十九字。题属同前。末附"莼乡赘客自述"。此书前后得两残本,写手俱旧,在康熙中。尚缺卷一之二、卷九之七等四卷。传世甚稀。《孝慈堂目》有一十卷本,与此正合。卢元昌、沈白序跋。《贩书偶记》所著一本,十卷,补遗十卷,续略二卷,续补遗一卷,不知何以有如许卷帙。所记多言神怪报应,见识卑下。然终不可废。江南奏销一案,清初人著述多讳莫如深,唯见此书。其他如李笠翁、天主教、宋荔裳、松郡大狱、启祯诗选、何良俊世居柘林墓为后人所发、朱方旦等事,皆可资考证。又记明末嘐城严衍撰《通鉴补》四百卷,及云间著述,皆可供目录学参稽。其记云间著述云,"本朝以来,吾郡著书者绝少。以予目之所见,则有顾贡生开雍有《滇南纪事》一卷,王贡生沄有《纪游草》四卷,宋副宪征舆有《金刚经注解》三卷、《东村纪事》一卷,卢先生元昌有《分国左传》十六卷、《杜诗阐》三十四卷。诸进士嗣郢有《九峰志》十卷,范文学彤弧有《绣江集》二卷,林贡士子卿有《通鉴本末》一百卷,许观察缵曾有《日南杂记》二卷。"

《三冈识略》,存卷八之十,《续识略》一卷,后附"莼乡赘客自述"。旧钞本,九行,十九字。

谈 往

壬辰立夏日海上所收,小燕。

四年前余草《鸳湖曲笺证》,欲广求吴吏部遗事,驰书春晗北平,即以此《谈往》一册见寄,为民国初年活字印本,所得甚多。是为得读此书之始。后又得《适园丛书》本,未遑对读也。今日过市,乃于沈仲芳许见此旧钞,有朱墨笔批注,当是清初故物,遂更买归。余收此种晚明野史最多,旧钞亦富。不知更几何时始能得暇重理故业,念此惘然。同得尚有乾隆鲍鋈俊逸亭刻《茶山老人遗集》,携书过来青阁,遇孙伯绳,约十日后往观宋板《花间集》。归来记此。壬辰立夏日,小燕记。

卷端有泉唐戴氏印,朱评亦钤醇士小印,不知是戴鹿床印否?

《谈往》一卷,题"华村看行侍者偶录"。旧钞本。九行,二十四字。收藏有"泉唐戴氏珍藏"(朱方)、"书仓旧主"(朱方)、"醇士"(朱方)。卷中旧人录印光任《澳门纪略》文,已在乾隆中,此本钞成当更早。

七颂堂识小录

旧钞本。竹纸钞白。写手甚旧,当在清初。有翁方纲手批,行草书甚茂美。得之汉学书店。此颍川刘体仁公𫘤撰,为言书画碑板著录名书。虽只小册,所记皆可观。体仁集之康熙刻者亦曾于古董铺中一见,惜未之收。

馀冬琐录

癸巳十月初八日,余纳采于当湖朱氏,偕新妇去姑苏妇家省识,饮于松鹤楼,漫游玄妙观中旧肆,得书数种,此其一也。三月后装毕寄至,漫记。甲午人日,黄裳小燕。

得此书后一年,得藏缜园老人《岳麓双松图》绢本,笔墨精妙,疏古可爱。小燕亦极赏之。笔墨因缘如此。甲午腊尾更记。

此册买归后未遑展读,昨夜无事,漫阅一过。于卷中得知徐伯吹卓荦精庐遗事,取证余所藏爱日精庐藏《雪溪诗》、《西渡诗》、《野处类稿》等,授受源流,一一俱合,为之大快。徐孝先一生作幕,与毕秋帆、翁方纲、盛百二等善,交往之迹,一一可于此中见之。《儒林外史》所写清初幕友种种,与此一一吻合,更记闽中秦陇风物,临清民变亦详记之,良史料也。孝先亦颇藏书,但佳本无多,黄荛翁曾得其书数种,有跋语,余曾见之,即所谓光福徐氏怀新馆藏本也。荛翁《金兰集稿跋》引钱竹汀语云,达左字良夫,世居吴之光

66

福山。今有徐友竹，善铁笔而富藏书者，即其子孙。友竹，"孝先号也。此录中亦有刻《金兰集》纪事，可参看。荛翁跋明刻《文温州集》云，今孟陬下澣，观书学馀书林，主人以新得光福徐氏书故，邀余鉴别之。翻阅一过，大都是有明及国初诸人文集，无当意者。惟此尚为名书云云，即怀新馆所藏也。此书后由周越然家流出，余曾一见而未之收，以此忆之。孝先嘉庆三年犹存，而荛翁前跋在嘉庆元年，是非身后书散也。凡此种种，叶昌炽《纪事诗》皆未之及，余故不嫌琐琐跋之。甲午九月初五日，雨窗记，黄裳。

得此本后二年，方见合众小丛书亦收此《琐录》，系据旧钞本移录石印者。强分二卷而断于乾隆四十年乙未六十四岁，以下并佚。文字亦小有异处。跋云原书二册，书友王晋卿得之，遂据传录。有钦韩曾读小印，盖曾藏沈小宛家也。案缦园没于嘉庆三年戊午，年八十七。余此本正讫于是年。甲寅自编诗集讫，名《缦园诗钞》，未见。又有《西京职官印录》，钤拓精甚，余后亦得一本。又许兆熊辑有《烟墨著录》，录先生书画并附名家题识，又先生所著所刻序文，刻梓甚精，成于嘉庆二十二年。此本余后亦收有一帙。孙二份，字守拙；保，字小城，亦工篆刻，好收藏，与凫舟相契。昨访源来索此册归，而缦园《岳麓双松图》装池亦就。乃张之素壁，并记数语于此。乙未六月廿五日，晨窗记。

缦园《烟墨著录》与许氏家集后俱收得，皆石契斋刻，书作颜体，写絜精甚。又收得《南峰近咏》等原刻二种，此皆三吴名书，快事也。庚子四月初五日更记。

《贩书偶记》续编著录有一卷本，嘉庆二十二年精刊，未见。书囊无底,信然。辛酉八月初四,雨窗灯下记。

　　《馀冬琐录》一卷,缇园老人自订。旧钞本。九行,十九字。前有自为题记。起康熙壬辰一岁,讫嘉庆戊午八十七岁。

甫里高阳家乘

此《甫里高阳家乘》十卷，三叟斋藏本，许时乘增定。钞刻杂出，俱在康熙中。末附世系一卷，时心宸尚存也。书出许氏后人。余先后得玄祐诗集八种，明万历中刻及明末所钞，有许氏四世藏印及诸子校改手迹，俱附心宸手跋，以为奇遇。后更得万历原刻志状二册，为自昌父怡泉公及母沈孺人墓铭行述也。估人告尚有此《家乘》二册在吴下，即嘱寄示，二日后而书至，许氏故实乃灿然大备。自昌藏书有名，曾刊李杜诗、《太平广记》诸书，亦撰传奇，有《水浒记》、《橘浦记》等，所谓梅花墅五种也。惟所撰述流传绝罕，诗集世无著录，收明人著述富如千顷黄氏，亦未著录一种。《水浒记》今传世者仅汲古阁刻，原刊亦殊未易观。叶菊裳撰《藏书纪事诗》，特详乡邦文献，而于许氏条下亦只入玄祐、孟宏、丹臣三人，更多疑误之词，殊不可解。高阳望族，世居吴会，而遗著逸闻，湮沉如此，深可慨已，余何幸而先后得遗集若许更收此《家乘》耶。余于藏书家、画人、曲家遗集，每见必收，所得不少。如澹生堂祁氏、天一阁范氏、古香楼汪氏，皆有收储。今更得此梅花墅许氏诸种，故纸有缘，可胜欣幸。乙未八月十三日，来燕榭晴窗记。

得书后十九年，重订拆出白叶十馀番，乃于书脊见癸丑仲冬望日录始语，是初辑在康熙十二年也。又卷五首叶有丹臣手题一行云，己卯春二月，钞，素叶亦数，一篇无失。下钤心戺小印。是为康熙三十八年，时王俨、人华、竹隐、龙友皆先殁。更观世系，心戺名下无卒年，而诸孙卒年最晚者为康熙四十六年丁亥，可知丹臣其时尚存，年四十八，又别藏玄祐诗钞本有心戺壬辰跋，时康熙五十一年，心戺五十三也。

《甫里高阳家乘》十卷。稿本，订定于康熙中。有红格钞本，板心下有"笑读轩"三字。有刻本，十三行，二十三字。白口，四周双边。板心下有"梅花墅"三字。前有目录：一二卷碑记，三卷三节诗文，四卷著述序、刻书序，五卷梅花墅诗文，六卷黄杨诗，七卷寿文祭文，八卷尺牍，九卷投赠诗文，十卷文正公敕词祠碑。藏印有"许印时乘"（白方）、"龙友"（朱方）、"高阳许氏藏书"（白长）。许心戺读记，在康熙己卯。

类　说

　　此海宁周春《类说》稿本。静安寺估人于硖石买归零杂残帙，皆弃物也。只拔此两册出，以为快事。忆同得尚有楹帖一箧，只留伊墨卿赠张赐宁一品，馀皆弃去。后乃知钱十兰泥金左手篆书联之可贵，追之已无及矣。此少年时所为荒唐事，老大记之，亦为哑然。癸亥正月初四日，午后雨，三日后雨水节矣。黄裳记。

　　《类说》，海宁周春撰。手稿本，二册。上册皆论金石文字。下册题卷之三、后集艺术门，至卷十一，后集杂事门。手书杂沓，校改甚多，未定稿也。

研堂见闻杂记

　　余去岁南游,离沪几三月,失收书不少。洎归,石麒乃携此册相赠,盖收于云间者。论斤而出复论斤而入还魂纸厂,伊曾检出明钞崇祯疏钞数册,他已不可踪迹矣。此册亦群籍之一也。残蠹不堪触手,余倩春秋书店严阿毛修治之,未数叶而废去。曹有福君来沪,遂更付之,今日装毕。《研堂见闻杂记》外,尚有《江上孤忠录》,只存卷上。此本写手甚旧而精,为晚明野史之罕见者,以是不惮烦而重装之,可谓好事矣。庚寅冬十二月初六日,严寒记。

　　《杂记》撰者缺名,冯超跋云作者为太仓沙溪王家祯,有《研堂集》。《江上孤忠录》有《痛史》本,只一卷,此本则题卷上,后虽佚去数叶,当所失不多,当取《痛史》本一勘之。更记。

　　《研堂见闻杂记》,娄东□□□著,旧精钞本。黑格,八行,十八字。上下黑口,四周双边。《江上孤忠录》卷上,江阴赵曦明集。

郑桐庵笔记

此钞本《郑桐庵笔记》一卷,士礼居钞本。有荛翁手跋。今秋从王季烈家流出,余以厚价获之修绠堂孙助廉许,甚以为快。余获旧本不少,惟士礼居旧藏一种都无。辛苦求之,无所见。盖近来荛翁题识之书,已疏若星凤,不啻宋元矣。今乃一月中得见七本,不可谓非眼福,亦罗掘获其二三,亦不可谓非书淫也。得书后饮于酒家,归寓手加钤记,并识卷端。庚寅九月廿六日,黄裳。

所见黄跋书尚有旧钞《东国史略》、校明本《大唐创业起居注》、旧钞《道馀录》、嘉靖本《救民急务录》等五种。后二种无锡孙氏小绿天遗书也。更记。

前跋佚去《史通》一种。《救民急务录》后亦归余。今年助廉南来,复收得荛翁校跋《庚开府集》一册,当与议直归之。辛卯十月。

近闻孙助廉已破产倾家,颇为之惜。此人为书估中有识力者,每至一地,多得异书。余获善本于其肆最多,今乃不可问矣。壬辰春二月十八日重阅记。

壬辰夏秋之际,余两至北京,曾数访助廉于东四修绠堂,已无书应市矣。其人意兴亦大劣,只得鲍校一种、吴枚庵校一种于其家耳。十月初一日,小雁记。

此士礼居钞本,虽只嘉庆中物,不过去今百许年,而展卷书香自生,名家钞笈,自是不凡也。小燕记。

[附]

王季烈手跋

"此《郑桐庵笔记》一卷,荛圃先生钞自海宁陈氏。光绪初新阳赵静庵丈让归先君子。烈以乡贤遗书,先人手泽,携之行箧,护持维谨。前岁冬静丈哲嗣学南明经以新印《乙亥丛编》见贻,内有此笔记,则据虞山庞氏天石斋藏本印行,仅二十二则,此本溢出二十八则,弥可珍贵。学南明经坚请假钞,流播古籍,艺林盛事。况在两世交好,烈何敢自秘欤?时丁丑正月十日,螾庐王季烈记。"下钤"王"、"季烈"联珠白文印。押角有"青箱济美"白文长印。后钞存目录,跋云:"此书凡五十条,卷端无目录,补之于此。其加朱圈者,皆天石斋藏本所缺也。庚辰五月七日,季烈识。"下钤"王季烈印"、"君九长生"两印。

太平御览

　　明钞《御览》一册，精整可爱，非寻常明人恶钞比也。二十年前偶然拾得，今日成珍物矣。感慨记之。甲子白露后一日。

　　《太平御览》存卷二百一之二百十，皮纸蓝格，明人写本。十二行，二十二字。四周双边。

汲古阁书目两种

此拜经楼钞本汲古毛氏书目二种，后人龚氏玉玲珑阁、马氏红药山房、朱氏槐庐诸家藏印累累，盖可为藏家一大故实也。庚寅十月廿四日，海上所收，与知不足斋钞本《东观集》十卷同归余斋。

此本卷中朱笔淡墨细字，兔床手校也。丙申秋日记。

己酉九月廿三日重阅一过，校误字。明日将去奉贤海滨，因记。

余初买书时兴致极豪，绝不问价，而尤好名家旧钞书，往往为人所愚。似此本为吴兔床手校写本，藏印累累，一见即不欲舍去。估人要索重直，知余之不忍轻弃也，乃以旧本数百种易之，真痴绝也。去买此册时已三十馀年，旧本亦绝迹。时时展观，得少佳趣。甲子上元日，天色阴晦，似有酿雪之意。黄裳记。

此拜经楼钞本汲古阁书目二种，写手工雅，收藏印记累累，至可爱玩。其"玉玲珑阁"一印，清仁和龚翔麟印记也。龚与兔床盖

76

同时交好，余见拜经楼书之有龚印者不少，其流传之迹可见也。"临安志百卷人家"，吴氏印也。"红药山房"则海盐马玉堂氏书斋，朱氏"槐庐"亦近人之富于收藏者，"玉乳山房"则不知谁氏矣。《汲古秘本书目》为售书与潘稼堂时底册，秘本流传端绪可见。而此目中亦有数种今在余斋，睹之乃别有情趣。得书归来，漫记卷端。书值犹未定，买书钱亦不知何从出，姑先记此。庚寅十月廿四日，黄裳。

余买此书及鲍以文钞校本《东观集》一册，所耗至巨。计斥去所藏明板残本及新书杂志等共五六百斤，估人以车二辆载去，得直以偿孙某，其痴如此。壬辰冬更记。

近又得一旧钞本，为钱梦庐旧藏，有其批语，爰取此册对读一过。辛卯九月十四日晴窗记。

《汲古阁刊书细目》一卷，虞山毛晋著。《汲古阁珍藏秘本书目》一卷，毛扆斧季书。吴骞精钞本。黑格。十行，廿一字。板心下有"拜经楼钞本"五字。收藏有"临安志百卷人家"（白文双行长方印）、"红药山房收藏私印"（朱长）、"玉玲珑阁主人"（朱文大方印）、"玉乳山房"（朱文圆印）、"吴县朱记荣字槐庐号懋之行四鉴别金石书画印"（朱方）、"孙溪朱氏槐庐家塾珍藏之章"（朱方）。

汲古阁珍藏秘本书目

此《汲古阁秘本书目》，钞尚旧，为平湖钱氏藏本，有梦庐批注不少，可觇故籍流转之迹，未可废也。估人称此本与通行本文字有异，余旧储拜经吴氏钞本，暇当勘之。书出四明故家，闻尚有书颇多，容更访之。辛卯重阳后三日，黄裳记。

此钞虽旧，颇有误字，钱氏亦未校出。所注大抵书籍流转之迹及有否新刻，所谓横通之学也。钱氏曾以书为贸易，亦老韦之流亚也。辛卯九月十四日，取拜经楼本漫对一过，实无大异也。黄裳记。

《汲古阁珍藏秘本书目》，毛扆斧季书。旧钞本，半叶八行。后有毛琛跋，却为他本所无。其文云："此卷琛从曾叔祖手写与潘稼堂先生底本。记髫龄时彬曜从父携以见赠，谬承以汲古后来之秀相属。老大无闻，殊增惭恧。琛谨识，时乙酉花朝。"收藏有"吴越钱氏鉴藏书画"（朱长）、"梦庐校本"（朱长）、"求是室藏本"（朱方）。

78

裘杼楼书目

　　此《裘杼楼书目》一册，盖当日汪氏藏书底册也。亦不似完本，只自宋人集始，后更别附钞刻书目，只记书名，更无卷数矣。然诸家目录中皆未见有此，亦秘本也。余见之郭石麒许，更有劳校《小眠斋读书日札》及仪黄精舍钞《丹铅精舍目》等二种，皆零叶，似预为影印之用者。初不欲售，只假归录副而已。后终以归余，留斋中几及一载，始付装池。今日书至，爰识卷尾。庚寅十月初六日，黄裳记。

　　此《裘杼楼书目》，余与《小眠斋读书日札》之劳校者同得于海上书肆。二书初石麒俱未允见售，云为故友某君之物，其人近已离沪，不便相让。后以肆中寂寞，无以举火，遂以此二书归余也。此书装成，故友郑君西谛适来自北京，何巧合乃尔耶。辛卯谷雨前三日坐雨书。今春多雨，两月来几无一日晴，为之闷损。黄裳。

　　《裘杼楼藏书目》，旧钞本。起宋文集讫明文集，后附刻本钞本书目。封面墨书三行云:"桐乡汪氏《裘杼楼书目》,嘉庆庚午中冬偶得之于项□宅东书肆中。"卷尾墨书两行云:"右书目系吾高高祖碧巢府君时物。今得复归于余。细阅数过,似当年草底本之一。谨什袭而藏之。戊子冬梅记。"戊子为道光八年,去嘉庆庚午十八年。此钞甚精。稹字缺笔,当写于雍正中。收藏有"□圃收藏"(朱长)、"月在画楼西畔"(白文套边方印)。

绛云楼书目

　　黑格旧钞本，一厚册。有陈少章手批，系过录者。得之吴下书坊。

振绮堂书目

　　此《振绮堂书目》，原五册，经部一册今佚。光绪中钞本，有朱校并藏记曰"藏书之家"，当出汪氏后人，钞存未刻，与活字本书目比观，此本不分架，不分钞刻，似非当日草底册而经重编者，经部一册今不存。书名、卷数及解题藏记均较活字本为详，甚可珍重，因即携归而尚未知价也。今日午后冒雨过来青阁，遇老书估杨寿祺，年已六十五，头摇摇甚频，绝不可止。以小刀切药片，云将以治高血压。询以瑞轩何人？答其人范姓，世居同里，四十年前曾观书其家，议价未谐，为博古斋柳蓉村买去，每册出洋十元。时杨年幼，不知书，只许每册三元，遂交臂失之。其中有金俊明手钞书甚富。范氏同里旧家，宅寓深邃，瑞轩则嘉道中人也。漫记于此，以存藏家故实。丁酉六月初三日，雨窗灯下识。黄裳。

　　此四册书余自史嘉荣处假归，欲录一副本未果，而史亦以事远戍西陲矣。后知此四册书亦俞某物，即售漭喜斋书之人。汪氏书后亦归渠家,藏于吴下,托来青阁售之,此即底册。闻有一箧皆明初黑口本,有绝不经见之集部若干种。余曾拟得之,以绌于赀不果。后为孙助廉扫数买去,可惜也。闻中有一集撰者即纂《虎丘志》之人。其黑口本《虎丘志》为杨寿祺物,余曾见之。汪氏书散而此册乃出,亦海上书林一小沧桑也。壬寅十一月杪,黄裳更记。

《振绮堂书目》史子集部四册。钞本,有朱校。蓝格,半叶九行。收藏有"藏书之家"(白方)。卷尾有汪曾唯跋:"余家自明季迁杭,代有藏书。高大父鱼亭公嗜之尤笃。点注丹黄,插架甚富。朱朗斋茂才文藻为辑振绮堂书录,撮其要旨,载明某某撰述,何时刊本,某某钞藏,校读评跋,手编十册。曾大父春园公又本书录,手编藏书题识五卷,皆珍秘之本也。大父十村公凡以善本求售者,又不惜重赀,增益架上。年近始衰,于病中手编《振绮堂书目》五册,首录高宗纯皇帝恩旨,并御赐书御题书进呈书后,分为经史子集四部。先考昆弟六人,继承先志,遇有佳帙,购求又夥。伯父小米公、又村公,叔父子惠公、幼能公自道光丙申至丁未,先后谢世。伯父少洪公、先考蓉坨公恐子侄年幼,书籍散佚,重缮《振绮堂简明书目》二册,请长洲陈硕甫师奂检校一过,注明何人编撰,以便翻阅。至咸丰庚申辛酉,杭城两遭兵燹,散佚殆尽。同治甲子浙省恢复,于灰烬中获《振绮堂书录》五册,又于吴礼园司马宝俭处获一册,庚午夏遇朱子清上舍澄于故里,持书目二册以归余,即硕甫师检校之本也。光绪癸未冬堂侄康年自粤来鄂,谓大父手编书目五册,归安姚彦侍方伯觐元借钞未归,寓书索还。乙酉冬自鄂旋里,又得曾大父题识二卷于丁松生大令丙家,惜下三卷佚去。合而观之,插架之书,百不存一,良可慨也。光绪十二年岁次丙戌六月二十六日,振绮堂后人汪曾唯识,曾学书。"

佳趣堂书目

　　旧钞白本。此陆漻其清藏书目,钞手颇旧。无藏记。石麒所售。传本不多,往往有奇秘之册,未见之书。乾嘉中小名家书目,可贵在此,不必以宋元苛求之。

清仪阁藏书总目

今日傍晚偶过来青阁,见有旧书一批,皆石麒物。盖窘迫求售,即家藏书目之类亦尽去之矣。念之不已,因过访于其家。见近收旧本数种,皆自嘉兴得来者,中有钱仪吉《三国会要》稿本一叠及他书,遂买数种以归。此册系清仪阁藏书底册,虽中少佳本,然自是嘉兴一大掌故也。乙未十月初四日,来燕榭灯下记。

《清仪阁藏书总目》。钞白,原写本。半叶十一行,分四部。后附癸丑徐士燕札,题敬仲表弟先生阁下,论书目分类甚详,此目即出其手。卷首有"敬仲父印"、"清仪阁"二方印,俱朱文。

读有用书斋藏书提要

原稿本,毛订五册。每书详著书名、板刻、行款、收藏、题跋,即间附信札或牌记等,亦莫不详著之。朱墨杂下,校改数四,盖韩氏藏书底目最详之册也。所收计书五百十九种,又应陛手钞家钞本十七种。韩氏目凡三刻,皆颇不详备。此册待刻而终未刻,甚可惜也。余收之于来青阁中,系松江韩氏家人携来沪上者。卷中印记有"读有用书斋"白文长印、"韩绳夫一名熙字保藩读书印"白文长印、"保藩"朱文方印、"松风"朱文方印、"百耐读过"白文方印。此本每有应陛题记,著录时称先大父云云,是当成于德均之手者。后有跋云(在《山村遗稿》后):

德均按,咸丰庚申闰三月,正值粤匪蠢动之际,松郡旋于五月中失守,因是先大父收藏善本书籍半都散佚,家刻板片只字无存。时仓皇出走,避难沉溪芯,郁郁得疾,竟至不起(南汇张啸山先生尝有吊词，见元钞《孟东野诗集》后）。遍检先大父最后纪年，乃止于是（裳按，此指应陛《山村遗稿跋》，咸丰庚申闰三月云云）。查咸丰庚申，迄今已一周甲，而六十年来先大父好书之苦心尚湮没不彰，且今又值乱世之年，德均尝惧不能世守，因有意先刊藏书记行世（现正求张表母舅受业师代延曹吴县师续成书目，盖前年曾经编过，而未蒇事也），后再集资刊刻丛书（然所赀不贷，未识日后能刊刻否），庶不负先大父好书之苦心，得以稍扬于后世，则德均之志愿，亦于是乎足矣。

案咸丰庚申下推六十年，为民国九年，是此书写定之时也。裒殷堂刻韩氏目在民国二十三年，后于此本之成几十四年，然所据亦曹君直初稿之不完本也。华亭封文权更为补苴之，实亦未能完善。此五册书有邹百耐印，其人即挟韩氏书入市者，设肆吴下，名百拥楼。当日捆载入市，执此原目点交，既讫事，而以原书还之韩氏子孙。今乃更出，入余家也。韩氏书散归宝礼堂潘氏、适园张氏，今已半流域外。余得书晚，绿卿所藏，得之不过数本，今得读原目，亦可存书林一段故实已。三年前，余道出华亭，小住七日，首访韩氏空青馆遗址，无可踪迹，叹怅而返。其家书殆无一册矣。

知圣道斋读书跋尾

此本得于徐肆唐肆。沪西多旧家,主人常得书于邸宅,皆论秤收之者也。六十年前余每得书于其肆,以饼饵之资买一二小册,多残本,曾自号断简零编室主人,甚可笑也。所见有宋元间刻诏诰章表机要,嘉靖刻公文纸印本《吕氏家塾读诗记》,小草斋藏嘉靖本《文心雕龙》等,无力举之,但手为摩挲而已。此册为知不足斋写本,图记宛然,惜无以文手迹。卷中朱校,非出鲍氏。重展漫书。戊寅白露前四日。

《知圣道斋读书跋尾》二卷,知不足斋钞本。八行,十九字。前有目,卷首大题下有南州彭元瑞小序。收藏有"歙西长塘鲍氏知不足斋藏书印"(朱方)、"世守陈编之家"(双龙朱文腰圆印)、"老屋三间赐书万卷"(朱方)、"歙西长塘鲍氏知不足斋藏书印"(朱方,与前一印不同)、"泽山"(白朱文印)、"□白父印"(朱方)。

海日楼书目

　　此《海日楼书目》为鸳湖沈氏藏书底册,册尾有慈护校记一行,曾植子也。沈氏书于抗战后一年散入市肆,为中国书店所得,价四万金,肆中得利几倍之。此即售书时赖以点交之册,估人所作记号犹存。后中国书店闭歇,遂归金某,今又流出而石麒售余者。沈氏亦藏书有名,然所列宋元板未全可信,而以明初单刊集部诸种为佳。余收书晚,已不及见之,年来所得只天一阁旧藏《中兴间气》、《河岳英灵》二集耳。其残卷如黑口本《埤雅》、《三礼考注》、《宋文鉴》等亦在余家。偶检此目,如逢故人。此种书目世人往往弃之如敝屣,不知此中亦有可资寻撰者在也。沧海频更,江南藏家日益寥落,存此一目,可为书林掌固。世无传本,岂不大可珍重耶。因重装跋尾藏之。辛卯夏至,黄裳记。

《海日楼书目》,沈慈护稿本。蓝格,半叶九行,依书箱号数写定,卷尾一行云:"乙丑闰四月钞毕,慈护校。"收藏有"梅花草堂金氏珍藏"朱文长印。

松江韩氏书目提要

　　稿本。五册。得之来青阁。不知出谁何手,所著极详,并诸书序跋都写入之。韩氏书目行世凡三本,一石印本最简,只条列书名板刻,后附书影。又一石印本,亦简略。一封文权本,较详于前本,惟非每书皆详记序跋。三本之中以此为最备,余曾移写一本,别加校定,欲付刊,未果。韩氏为黄荛圃姻戚,多得士礼居中善本。荛翁身后,奇零之册,扫数归之,秘册不少。余于壬辰冬日,曾旅茸城三日,访书于市,无人知韩氏姓名者,为之意沮。殊不意其馀芬散馥,尚可见于数年之后也。同得尚有雍正刻《韩笔酌蠡》、钞本《章子留书》,皆有应陛加墨及藏印。又《读有用书斋杂著》稿本,皆出自其家。

92

葛氏书目

　　此平湖葛氏藏书底目集部三册、子部一册，估人自当湖得之，以重直归余，亦书目秘册之一也。佳本元多，而往往有惊人秘册。《朱竹垞手写诗》、《沈虹屏手写词》不知今尚存否？葛氏楼书毁于日寇之难，或云监守者自焚之，以灭攘窃之迹，然则佳本尚有在者乎？乙未二月廿二日，黄裳。

　　《葛氏传书书目》子部一册、集部三册，底稿本。蓝格写本，板心下有"鹉湖学人稿纸"六字。著录颇详，然作者不甚知书，时有门外语，所定亦不尽可信。兹选其佳册稍著一二。

　　《石楼集》二册，藏书目一册，朱竹垞手写本。冯登甫跋。

　　《文休承手写曲谱》二册，缪文子藏，翁方纲跋。

　　《滕王阁集》十卷，顺治刻。钱谦益序，刘彦清藏。

　　《铿尔词》二卷附《虹屏近稿》一卷，沈虹屏手写本。有跋。

《唐秦隐君诗集》,汲古阁影宋钞本,有毛晋、惠栋、传是楼印。

《沈下贤文集》十二卷,旧刊本。(原题宋刻)九行,二十字。八卷以下敦宿好斋钞补。有澹生堂四印,马玉堂印。

《韦斋集》十二卷附《玉兰集》一卷,宋朱松、朱槔撰。元至元旌德学刊本。十行,二十字。有春雨楼藏印。

《白石道人诗集》一卷《诗说》一卷,旧钞本。自序二首后有"临安府棚北大街陈宅书籍铺刊行"十四字。

《许白云先生文集》四卷,旧钞本。有曹栋亭、董斋藏印。

《南来堂诗钞》二卷《外编》一卷,明中峰释读彻著,吴江顾有孝茂伦选。法孙学忍行坚校刻本。板心有"归云藏板"四字。

《何翰林集》二十八卷,明何良俊撰。嘉靖乙丑何氏香廉精舍雕梓,有牌记。卷末有"长洲吴曜书,黄周贤等刻"二行。

九峰旧庐藏书目

稿本。红格。凡三厚册。得之徐绍樵许。王氏书最后归徐绍樵,凡三数次买尽。多半清刻,间有明本。最佳者有明蓝格钞本《太平御览》一叠,不全本。又铜活字本《白氏长庆集》半部,皆为孙实君买去。余所得佳本亦夥。最后此目亦出,实为书帐,记书名、书价,及得书岁月,少记版本。其所得江安傅氏、古里瞿氏、江宁邓氏三批书为大宗,价各巨万。而以瞿氏书为最精,傅氏书为最劣,盖欺其为无目也。然王氏所藏佳本及地方志每不见于此目,或另有它目,今不可知矣。

江村消夏录

旧钞本,在康熙中。有曹彬侯印记,存二册。得之杭州。高士奇书康熙中付刻,未为稀有,不知曹氏何以有此钞本。惜未对校,不知有何佳胜。

金刚般若波罗蜜经论

　　此天一阁蓝格钞本《金刚般若波罗蜜经论》三卷,写手极精。明人钞本类此者殆不多见。同时尚有此经及《心经注解》二卷,亦同为范氏所钞,今日得于海上。时方自当湖归来,忆于陈夫人案上曾见此经数卷,皆近时刻本,甚不耐观。他日当奉此二书以为唪诵之资。壬辰闰五月廿六日黄裳记。

　　阮氏文选楼刊《天一阁目》子部二十四番,著录此本。

　　半月前偕小燕奉陈夫人游湖上,拈香灵隐净慈,于香匣中见经卷一册,因更忆及此书。返沪理书漫记。甲午三月十七日。

　　《金刚般若波罗蜜经论》三卷,天一阁皮纸蓝格钞本。十行,十七字。单栏。大题下有"受八"、"受九"、"受十"字样。大题下双行题"天亲菩萨造、元魏三藏法师菩提留支奉诏译"。

弘明集

　　明皮纸黑格精写本。精楷端丽,纸墨晶莹,焕若新制。杭人陈某绰号小六爷者,挟之来沪,见者皆疑为新钞,不敢过问,遂以归余。每册首有"会稽钮氏世学楼图籍"朱文大方印。第五册板心作"广弘明集",板心下有姓氏,当是旧刻刊工。《弘明集》明万历中有刻本,此本早数十年,所出为旧板佳册,旧式犹存,未为后人篡乱。新会陈氏尝论此书古今雕板异同,所列旧本佳处,与此一一俱合。世学楼写本书,同时尚见别宥斋所藏《孤树裒谈》,纸墨行格,与此正同。然亦有写手潦草错乱,不可究诘者。余家所藏《记纂渊海》是也。陈某同时携来者尚有澹生堂钞本《雁门集》,残存前半,澹翁大印五方俱在。因循失收,为人买去。时尚有完缺之见存,可惜事也。

道藏六种

　　此天一阁蓝格钞本六种,皆自道藏中出者,散见于阮伯元、薛福成二目中,皆未全载,殆以零种之故,遂有失记。为刘氏嘉业堂所得,订作六册,不知何以流入市中,为徐家汇旧纸铺估人唐氏所得。十年前曾一见之,后即珍藏秘锁,不肯更出矣。今年春,余偶过其肆,闲话间以此讯之,答以尚在,惟计叶论直,故昂其价。余亦笑而还价与之,每本出米一石,后二月乃以全书归余,更撤去衬纸,命工装为一册,虽非阁中旧式,然较刘氏所装,庶几胜之。年来余旧藏阁钞,大半散去,只馀十许种。天寒岁暮,此书装成,因更记此得书始末,珍重入库,誓不更出。甲午十一月十三日,来燕榭中书,黄裳。

养真机要

　　天一阁棉纸蓝格钞本。道家书也。亦言黄帝御女成仙、交欢大乐之术，真妄言也。戊子岁所得嘉业堂刘氏书之一。时方见《双梅景闇丛书》，少年好事，乃收得之。

离骚草木疏

此《离骚草木疏》四卷,四明范氏照宋板录出者。写手颇精。余得天一阁钞本书多矣,未见有精写如此册者,是可珍也。"卧云山房"为范子宣斋名,卷中范氏钤记多至七方,亦可见珍重之至。今夏余来京师,数过琉璃厂阅肆,却绝少佳本可得。一日于藻玉堂主人许见此册,诧为异本,问价不答。继乃知为雏某之物,不欲出售,亦姑置之。今日又过之,终以五十万金得之。戋戋一册书,费钱如许,殆有计叶论钱之势。书痴如此,可为一笑。来京一月,只买书四五册,而以此为白眉。此外则鲍校东山、淮海两家词,洗桐斋旧钞《竹友集》亦不恶也。后日南旋,临行得此以压归装,喜而识之。壬辰七月十六日。

郑梁《讷庵范公传》云:"讷庵范公,讳大澈,字子宣,又字子静。从仲父兵部右侍郎钦游京师,官鸿胪寺。月俸所入,辄以聚书。闻人有钞本,多方借之。长安旅中,尝雇善书者誊写,多至二三十人。

101

万历庚戌九月八日卒，春秋八十有七。所著有《灌园丛谈》、《卧云山房遗稿》……"此册用细白皮纸精写，当在嘉靖中也。卧云山房钞本书世罕流传，只见周叔弢丈许有《刘宾客集》一种耳。壬辰十月初二日。

　　去年岁末，访书四明，又得卧云山房钞本医方一厚册，残蚀已甚，当同装并储之。医方中颇多秘药，皆详记药味、剂两、炮制、施用之法，各有名目，按之明末小说，多有合者。知皆非向壁虚造，而晚明社会风气固如是也。癸巳正月。

　　《草木疏》庆元六年罗田县庠刻本后归海源阁，今在北京图书馆。十二行，廿字，较此多一行。知此系从宋本出却非影写也。此本有"知不足斋主人所贻，吴骞子子孙孙永宝"白文长印（此戴殿泗印），知旧曾藏知不足斋。以之刊入丛书，殆亦未亲见宋板也。辛亥冬日重跋。

　　按《离骚草木疏》四卷，题"通直郎行国子录河南吴仁杰撰"。皮纸，黑格。半叶十一行，行二十一字。板心下存"卧云山房"四字。长卷头。卷尾用半叶八行黑格纸录"庆元岁丁巳四月三日通直郎行国子录河南吴仁杰书"序，"庆元庚申中秋日河南方粲敬识"跋，又校对、校正等衔名三行。收藏有"范印大澈"（白文方印）、"子宣父"（白文方印）、"卧云"（朱文圆印）、"万书楼"（白文方印）、"平生乐事"（白文方印）、"沧瀛外史"（白文方印）、"范大澈图书印"（朱文长印）、"知不足斋主人所贻吴骞子子孙孙永宝"（白文长印）。

嵇康集

此旧钞本《嵇康集》十卷,系朱竹垞曝书亭故物。复递藏兼牧堂、群碧楼,有邓正闿校跋。余见之修文堂,即携归,后议价屡未就,书仍留余斋中,不忍还之。曾以鲁迅所校定柳大中本校读,此本似出于嘉靖本,而乃往往有佳字,不知底本果系何本。然古香袭人,旧钞可贵,其为善本,不待论也。今日早归,沽酒饮之,饭后更出群书观之,偶及此册,遂跋数行。庚寅三月廿七日好春夜,黄裳记。

此书取归后,久未议直,近实君与余算连年书帐,遂以所藏初版本《北平笺谱》及明永乐经厂本《释氏源流应化事迹》等书,与之易得,为之一快。辛卯九月十四日,黄裳记。

壬辰谷雨夜重阅此本。近来心境大劣,久不买书而亦不思更买。今日见天一阁蓝格钞《延津县志》,又澹生堂钞《两浙著述考》,亦复漠然无动于中。往日豪情,渺不复存,而牵情惹恨,伊人远去,信少音乖,遇此春宵,何堪遣此。漫书数语于此志慨。小燕。

《两浙古今著述考》终归余斋,小燕亦渐成佳侣。重阅此更写数语,以识此时心情。壬辰立冬后五日。

此朱竹垞旧藏钞本《嵇康集》十卷,后又入揆文端家,终归群碧楼,有邓氏校笔,其跋语则见诸《寒瘦山房鬻存书目》中。余一日饭后,偶过修文堂,沪肆主人于架上抽出此书及旧钞三数种见示,喜而携归,未遑问价。《嵇康集》,鲁迅翁用力甚勤,手自钞校,并辑有逸文一卷,著录考一卷。闲窗无事,辄取卷中衬叶旧纸,手为钞录,附装卷尾以为嵇集附录,亦佳事也。昔鲁迅居京师寓绍兴会馆中,闭户读书,手录古书古碑之属,累数十百卷。年前曾于许广平先生许一见之,叹为绝作。查许寿裳所作先生年谱,嵇集之校在民国二年,时先生年三十三岁。余今年三十一矣,而仅能钞录先生遗文,念之滋愧,亦可慨也。今日天气阴晦,饭后家居不出,因理故籍,始事钞写,并记岁月。一九四九年十一月九日,黄裳。

杜工部集

余喜收杜集，箧中所储都数十种。无宋元刻。最旧者明初刻集千家注本，徐紫珊家书也。又嘉靖许宗鲁净芳亭本，嘉靖济南刻王渔洋旧藏本，嘉靖吴门龚雷刻本。清刻精本最富，而以此残卷三册为最精。此景宋钞，不如毛钞之精，确是清初写本。其底本今已印行，三百年前人罕得见，遂有此种影钞。今日观之，古香袭人，其妙有非刻本可及者。曾藏艺芸精舍，初当是全书，不知何时散失不完，归旧山楼时已为残卷，三册册尾印记可证。三册旧装亦次公藏书旧样。宗建藏书最精而博，不以残本忽之，钤印累累，异于它书，可征真赏。不知谁家佗父，伪制汪黄两跋，及士礼居二印。又有放慵楼印，不知何人，一市侩也。然颇有手眼，余见其所藏，无不精美。二十年前，此三册书以郭石麒之介，得归余斋，弃置久矣。重检快然，因为小跋。己酉清明前日，黄裳来燕樾中题记。

杜集传世者，所知以北宋王洙编本为最古，凡二十卷。出于当时秘府及人家所藏旧本。嘉祐四年苏州郡守王琪刻之，其本早亡。今存最旧刻为滂喜旧储两残宋本，皆南宋翻嘉祐本也。汲古毛氏以两残本合之，补以景宋钞。两残本共存八卷有奇。此本与一残本合，十行二十字。原书只存卷十之十二，凡三卷。殆即吴若所称之建康郡斋本也。亦即钱牧斋所称近古之本，当是绍兴初元建康刊本。毛子晋曾有景宋全本，两残本，即毛扆藉以补完者，是明末犹有宋刻全书也。此钞本亦清初物，卷中有"一作"、"一云"小注，而不云"樊作"、"晋作"、"荆作"、"宋景文作"，是一是二，未敢臆定。避讳字有境、让、镜、征、完、构、惊、桓、殷、树等，皆作字不完，每卷目后即接诗题，更不另起，卷数亦不尽同。要之为景宋旧钞之出于汲古主人所见之外者，是可重也。此书原本尚早于郭知达编《九家集注》、《草堂诗笺》、《千家集注》等宋刻本，虽只存三册，亦可谓近古佳册。赵次侯所藏多非凡品，此残册亦珍重收储，钤印累累，可以知其故矣。己酉三月廿九日，好春良夜，黄裳题记。

《杜工部集》存卷一之三。旧景宋钞本。十行，十九字，白口，左右双边。前有宝元二年翰林学士兵部郎中知制诰史馆修撰太原王洙撰《杜工部集记》。卷首大题下一行云"前剑南节度参谋宣义郎检校尚书工部员外郎赐绯鱼袋京兆杜甫"，下接目录，后接诗题、正文。收藏有"汪印士钟"（白方）、"赵印宗建"（朱方）、"非昔元赏"（朱方）、"曾在旧山楼"（朱长）、"赵氏秘笈"（朱长）、"非昔居士"（白方）、"虞山沈氏希任斋劫馀"（朱方）、"曾在沈芳圃家"（朱方）。

樊川集注

冯集梧稿本。黑格精写。大题尚未定。

韩笔酌蠡

　　数日前,余于静安寺汪估许买得此书,康熙桃花纸精写稿本八册,以为未经刊刻之书也。今日乃更收此于来青阁,是不可不谓之书缘也。此为韩绿卿批本,系其后人所售,同得者尚有读有用书斋杂著稿本二卷。云尚有他种批本书在松江,当陆续取出。又云黄跋诸种,早已售去,今只友人处尚有数种,亦允写一目来。余前岁曾过松江访书,无一佳本,以韩氏藏书询书估,皆瞠目不知所答。今乃于两年以后获其家集数种,虽其书非有用者,其手迹则足存也。余前岁收山阴祁氏书,今春更收松陵许玄祐家书,今更得此,皆有嘉趣。漫为记之卷首,时作苏游之前。乙未三月十七日,黄裳记。

钓矶文集

　　庚寅冬至后一日海上所收。

　　此常熟瞿氏书。铁琴铜剑楼书归公时,按目点交。此本以无印记获免。书曾影入《四部丛刊》,此是底本,曾藏士礼居,然无一印一跋。余由石麒之介收得。戊寅冬日。

　　《唐秘书省正字先辈徐公钓矶文集》十卷,徐夤昭梦著。钱遵王钞本。半叶十一行,行二十字。白口,四周双边。板匡上左方有"虞山钱遵王也是园藏书"十字。前有建炎三年三月朝请郎编修道史检察官兼次崇文总目管江州太平观守秘书省著作佐郎赐紫鱼袋族孙师仁序,玩可珍序,目录。收藏有"汪士钟藏"(白文长印)、"汪澂之印"(白朱文方印)、"镜汀"(朱方)、"镜汀书画记"(白文套边长印)。卷尾有钱竹汀跋。

　　"徐正字撰述见于《崇文总目》者,《赋》五卷,《探龙集》一卷,皆不传。此《钓矶集》十卷乃其后人可珍所编。可珍未详何时人。其序称延祐丁酉,似是元时。然延祐实无丁酉岁,疑传写误耳。正字名它书多作寅,此独作夤,未详其审。唐人集传于今者少矣。此虽阙其第五卷,较之它本作二卷者为善。壬子十月从菀圃孝廉假读,因记于卷尾。竹汀居士钱大昕。"

文泉子集

此休宁汪氏裘杼楼藏书,有二老阁印记,更有冯登府手跋,实秘册也。今晨石麒以四明林氏所储书十许种见示,选得八书,而实以此为白眉,惜少蛀裂,当付良工装之。辛卯重阳后二日。

此册钞手极精雅,不类出傭书者手。余取天启原刊本对读,乃知朱校非据原刻,果为另据旧本,抑出意改,则不可知已。每卷大题下原本接目录正文,此则略去其目。又卷尾有明吴绯梓于问青堂,时天启甲子二行,此则失之,附识于此。辛卯十一月廿四夜坐雨书,时暖如仲春,黄裳记。

演山先生文集

　　此金星轺家精钞本《演山集》六十卷,余获之抱经堂朱氏,所耗甚巨而不惜也。书甚少见,世无刊本,只此钞帙流传,此册末有衔名四行,当是源出宋本之证。书中"完"字缺末笔,是又南渡后刊板之证也。初余闻九峰旧庐有此书,后为朱氏所得,屡过市问之,皆靳而不出。孙助廉获其家书不少,余倩渠为议价,亦不谐。其居奇之故,盖以余与演山先生名字偶同也。忆余初取此笔名与世人相见,事在十五年前。偶翻一册书,偶遇之遂偶用之耳。今世人皆知余此名矣,估人亦知之,而为要索口实。余亦不吝重直易之,是真能好事者,不徒书痴书福加人一等耳。庚寅十一月十二日记。

　　此文瑞楼黑格钞本《演山集》,余藏之梦寐久矣。今卒以归余,欣幸何如。此册写手极工,全书焕然如新开,二百馀年前物,保存若此,颇不易也。余以弘治本《新安文献志》、嘉靖本《艺文类聚》、玉兰草堂本《辍耕录》、崇祯本《吴歈小草》四书易得,而犹贴米石

112

许,可谓昂矣。交易既成,辄书卷端。庚寅冬日。

　　《演山先生文集》六十卷,文瑞楼旧钞本。十一行,二十一
字。白口,左右双栏。板心下刻"文瑞楼"三字。前有左朝散
郎权知温州军州主管学事兼管内劝农事借紫金鱼袋莆田王悦
序、自序、目录。卷末有《宋端明殿学士正议大夫赠少傅黄公
神道碑》,程瑀撰并书,李擢篆额。次《紫元翁塑像记》,左从事
郎充建昌军学教授廖挺谨题集后,乾道丙戌孟夏黄玠书后,更
有谭寿卿、廖挺、张衮、黄玠刊书衔名四行。收藏有"醴陵文潽
读有用书斋藏书印"(朱长)、"醴陵文雪吟珍藏印"(白方)、
"雪吟过眼"(白长)、"九峰旧庐藏书记"(朱方)、"绥珊六十以
后所得书画"(朱方)、"绥珊收藏善本"(朱长)、"琅园秘笈"
(朱方)。

柳塘外集

旧钞本。十行,十九字。卷首大题下署"宋江西饶州荐福寺沙门释道燦无文著"。前有张师孔序。收藏有"海宁杨氏端木藏弄翰墨图书传之有绪"朱文大方印,又"拜经楼吴氏藏书"朱文方印。张序云:"宝庆间师住荐福,既又住开先,五年还荐福。所著有铭、赞、记、序、杂文若干篇,皆钞本。予丁亥游庐山,偶获翻阅,不及录,录其诗凡百二十首以归,即此本也。"《四库》所著为知不足斋所藏四卷本,凡诗一卷,铭、记一卷,序、文、疏、书一卷,塔铭、墓志、圹志、祭文一卷。康熙甲寅始以旧本刊木。此册虽只诗而无文,然写手极旧,当在康熙中,亦可珍重也。《拜经楼题跋》亦及此本,所言甚详。余甲午秋日得之析津东门内宝林堂书肆。余六年前北游,即见此本于其肆,以索直昂未收,后终得之,亦因缘也。其肆余儿时曾过之,买得《屈原赋注》一册,至今忆之。后几更不事旧书生理,租图画小册为活,今不知作何状矣。

缙云先生文集

　　癸巳十一月廿七日午刻抵杭，意小雁尚未至，乃先过市观书，于宝赆斋中见新自绍兴收来旧书，半为残帙。只此尚是全书，系秋声馆精钞本，写手精甚，为振绮堂故物，有坦臣印记，未知谁何。秋声馆为符药林斋名，余有其遗集，刊于雍正中，写手亦颇精雅。武林藏书旧家，小山堂钞帙流传不少概见，瓶花斋物亦尚有之，此秋声馆钞乃最罕传。冯氏蜀人，缙云在渝市北郊，风景绝佳，有温泉红豆之胜，余客蜀时曾数过之。此集颇有写景之什，旅寓展卷，如历昔游。与小雁添香并坐，漫读数诗，于宋人中亦当为一作手，乃遗集罕传，诸家藏目皆未著录。只澹生堂续收宋人集中，有此名目，亦作四卷、二本，是与此同出一源也。归沪后拣振绮堂目，于卷二诵字第二格中得之，藏书源流，历历可辨，真妙事也。此番杭游，尚买得明初黑口本杨翥《睎颜集》，亦汪鱼亭故物，皆是一家眷属，因并著之。癸巳十一月卅日，黄裳小雁书。

符曾字幼鲁，钱唐人。与樊榭友善，厉氏集中多有与幼鲁游宴之什，有《坐圣几秋声馆作》一律，有句云："屋头大叶自吟雨，衣上绿阴如染苔。"清斋情事如见也。结句云："明朝知有书船至，珍重荆扉手为开。"则主人喜藏弄也。其集名《秋声馆吟稿》，不分卷。乾隆四年刻。符已先卒。此本当写于康熙中。圣几身后书散，遂入振绮堂也。甲午落灯之夕，黄裳拥炉记。

符之恒字圣几，号南竹。仁和人。樊榭弟子，有《秋声馆吟稿》一卷，乾隆四年刻本。殁于乾隆三年，年三十又三。幼鲁为君先辈，非一人也。前跋失之。甲午冬日更记。

写此跋后更读仁和王曾祥《静便斋集》，有符南竹《权厝志》，知君讳之恒，字圣几，号南竹。世为仁和人。年十五，从樊榭先生游，药林则其族祖也。凡奇觚怪牒，手自钞写，反覆校勘，至夜分不止。生于康熙丙戌三月一日，殁于乾隆戊午九月廿六日，年三十有三。尝检《春凫小稿》，有《哭乐山三弟》诗，系于甲寅。乐山卒年亦三十三，遂误以之恒当之。甚误。因叹考证之事，信不易易也。己亥正月初五雨窗记。

《缙云先生文集》四卷，璧山冯时行当可撰。旧钞本。十二行，二十四字。黑格，单栏。板心下有"秋声馆钞"四字。前有嘉靖十二年张俭刻书序。次目录。后有附录《古城冯侯庙碑》，蹇驹撰。次重庆府推官李玺刻书呈文，作于嘉靖十二年。次嘉靖癸巳李玺后序。收藏有"秋声馆藏"（朱方）、"汪鱼亭藏阅书"（朱方）、"坦臣"（朱长）。《结一庐书目》亦曾著录此本。

忠愍公诗集

昨日过市，见古香楼藏本《李白诗类编》，甚可爱。知为石麒之物，即持归并约之来。今晨果以旧本多种至。选得八种。此本为顾氏试饮堂物，甚旧而精，取弘治王承裕本少加勘对，颇有佳字。此外尚有古香楼二老阁藏冯柳东跋之旧钞《刘蜕集》、钱梦庐校钞本《汲古阁目》，皆佳。近孙助廉南来，购书甚多。姑苏王颂蔚家所存，大抵为其取去。此数书出之四明林氏者，亦有一批为伊购去，甚怅怅也。又闻有《边政考》曹栋亭藏者，《酉阳正组》（为万历刊之四川地志）等，亦为程某所收，凡此皆未见，亦可惜也。辛卯重阳后三日，黄裳记。

中吴顾氏为藏书旧家，善本最富。所刊《笠泽丛书》有名于时。其家书后多归之士礼居，屡见尧翁藏书题识中。前年余曾见《东国史略》于修绠堂，即养拙斋钞本，藏记与此咸同。尧夫校补，用力甚勤。后归中央文化部矣。此寇忠愍诗曾藏四明估人林集虚藜照庐

117

中,《鄞县通志》后艺文志所附藏目中曾著录之,今与《文泉子集》同归余斋。癸巳上元,黄裳。

《忠愍公诗集》八卷,属"开府仪同三司太子太傅赠太傅中书令上柱国莱国公寇准"著。旧钞本。九行,廿一字。前有金紫光禄大夫行尚书户部侍郎知河阳军州事上柱国范雍述《忠愍公诗序》,宣和五年济南王汝翁《新开寇公诗集序》,隆兴改元长乐辛敩《再开莱公诗集后序》。卷七后有顺治乙未中秋绚臣蒋玢二跋,云"后得嘉靖时清湘唐侃刻本中载庙记及名人题咏,另附藏之",是为本书第八卷附录。收参知政事孙抃奉敕撰《莱国寇忠愍公旌忠之碑》。卷尾有赠谥谱。收藏有"顾肇声读书记"(朱长)、"养拙斋"(朱长)、"抱经楼"(白长)。

兰雪集

张若琼《兰雪集》，余曾见一嘉靖本于徐汇唐肆，甚古雅。后有钞配及跋语，出徐子晋康手。惜索直昂，终未能得。此本出虞山沈氏，为知不足斋钞本，卷中朱校皆渌饮手迹，亦可珍也。其人旧有书数种，余最先议购未谐。黄跋《杜东原集》及弘治刻《李颀集》，后为赵斐云豪夺以去，洪武本《草堂诗馀》，亦归诸严某。余久绝之矣。后又持数书倩石麒示余，俱无足观，只留此鲍校一种，因记。辛卯春正月廿一日雨窗记。

此书系知不足斋主人手校者。以无印记款识，石麒亦未之知也。议价时余告之此事，犹未深信。一日，杨某以鲍校《九经三传沿革例》一册售余，图记之外更有三跋，索重直以去，并告石麒，渠乃云老鬼失匹矣，抚掌大笑。此事甚趣，因为记之。辛卯三月十三日，装成记。黄裳坐雨书。

张大家《兰雪集》二卷,附录一卷。白龙张玉若琼氏著,稽山孟思光仲齐氏较。知不足斋钞本,鲍以文手校。半叶十行,二十字。前有卧云子孟称舜叙。

瓜庐诗

旧钞本。宋薛师石撰。师石字景石,永嘉人,为四灵之一。王东谷曰:"瓜庐尝为予言,诗唯恐其不空远。空易到,远难及。故其诗大概趣极淡,意极玄。予犹记其游雁山,有'半洞容千佛'语。"东谷数语,足概宋末小家风貌。此册精写,有印记曰"当湖小重山馆胡篷江珍藏",得之石麒许。

二妙集

　　此旧钞本段氏《二妙集》，曾经蒋西圃、李南涧两先生藏弄，皆有手迹，系姑苏某氏所藏。余因俞氏之介收得之，甚以为快。南涧系乡先辈，余旧只得其所藏《宋文鉴》残卷耳。今乃得见手迹，至幸事也。西圃校藏之书，亦是初见。旧山楼书散于劫中，精骑半归吴下，余所得不少。见此如故友重逢。岁暮每收异书，是人生最得意事，而知者殆少矣。同收尚有澹生堂钞《对床夜语》，有旷翁手跋，亦铭心绝品也。乙未立春。

　　南涧于乾隆己丑五月廿三日谒选至京，十一月初七日出京。撰《琉璃厂书肆记》，娓娓可读。记云："又西而南转沙土园北口路西有文粹堂金氏，肆贾谢姓，苏州人，颇深于书。予所购钞本如《宋通鉴长编纪事本末》、《芦浦笔记》、《麈史》、《寓简》、《乾坤清气》、《滏水集》、《吕敬夫诗集》、段氏《二妙集》之属，皆于此肆。"此册尾恰有南涧手迹二行，即当日所购之一也。真绝妙之事，不可不为拈出。庚子十一月十四日,寒夜灯前记。距南涧此题已一百九十一年矣。黄裳小燕书于来燕榭中。

《二妙集》八卷,旧钞本。半叶九行,行廿一字。素纸钞白。前有翰林学士资德大夫知制诰同修国史临川吴澄序。次虞集撰《河东段氏世德碑铭》。末有泰定四年丁卯春别嗣辅识。又成化辛丑中州贾定刊书跋。蒋西圃朱笔手校,卷尾有题记一行云:"雍正戊申秋八月自新甫归里校对,西圃老人。"收藏有"西圃蒋氏手校钞本"(朱长)、"旧山楼"(朱长)、"非昔过眼"(白方)。卷尾有李文藻墨笔手题:"乾隆己丑六月,李文藻购于琉璃厂。是时得宋元人集二十馀种,此其一也。"下钤"泉氏家藏"白文方印。封面有胡子莹手题,又手跋:"今春从间壁潜研堂钱氏购获朱泽民先生《存复斋文集》、邵复孺先生《野处集》、刘种春先生《方是闲稿》、杨文举先生《佩玉斋类稿》及此《二妙集》,为河东段遁庵先生与其季菊轩先生合著,凡数书胥未觏梓本。其间或未刻,或刻而毁,或毁而刻而复毁,时代辽远,意显晦出没,所历多矣。流传归余,异日萃而付梓,余之志即诸先生之志也。《佩玉斋类稿》及是集并为李南涧文藻所藏,南涧辛楣丈弟子,意其时执贽时持赠者。道光十一年辛卯,子莹胡澄记于裘杼居。"下钤"子莹"白文套边方印。按胡澄嘉定人,有《裘杼居遗集》五卷,刊于道光十八年秋,在此跋后七年。

九灵山房集

一九五零年一月廿五日得于北京隆福寺街之带经堂,佚去尾七卷。黄裳。

翌年冬至后一日重阅。以夹签记鲍以文手校诸处。朱墨纷披,细如毛发。前人手泽,当珍护之。黄裳记。

乙酉乾隆三十年。以文校此书,前后费时两月。有一日毕两卷者,可见辛苦雠书,老而不倦。用朱墨笔凡数过,所据之旧本,惜后跋佚去,不知何人刻也。殿泗亦曾复校,字迹显然。此种校本未易几度遇,可重也。

三十二年前余游京师,多历坊市,每得异书。此戴九灵集存三册,佚去尾七卷,因见卷中朱笔出渌饮手,遂买之归。后乃见每卷后皆有鲍氏校记,重装时倩工人一一出之。后又尝见鲍氏刻此集,大册精甚,与《水云集》等同式,皆刻丛书前所刻,惜未得之。此钞则原刻底本也。卷前目后有戴殿泗跋。是以文刻此集殆受殿泗之托。其"知不足斋主人所贻"及"燕昌"二印,余尝于他书数见之。又见有"知不足斋主人所贻吴骞子子孙孙永宝"印,知一时友朋投赠之乐及渌饮于同时藏家心目中地位。此皆细事,然不可不知也。癸未新正初四日,午后雨,展书记此。试汪节庵海桐书屋墨、尺木堂研经校史墨及胡开文明光耀彩墨书,颇得别趣,黄裳记于来燕榭中。

《九灵山房集》三十卷,存卷一之二十七。男戴礼叔仪类编,从孙侗伯初同编。旧钞本。半叶十四行,行二十字。前有翰林待制友生乌伤王祎序,前太子正字奉议大夫晋府左长史四明桂彦良序。次目录。鲍以文朱墨笔手校。每卷尾各有校记。卷一尾朱笔题"乙酉十月初二日灯下校于惇典堂",卷二十三尾朱笔题"乙酉十二月廿二日晚校于芦渚寓舍",他卷类是。戴殿泗更校。卷前目后朱笔两行云:"按目录字数,与集中多异。今稍订其讹误者,余皆从旧,足以互相考云。后三稿仿此。殿泗谨识。"收藏有"知不足斋主人所贻"(白长)、"张印燕昌"(白方)。

竹斋诗集

　　此旧钞本元王冕《竹斋诗集》一册,刻本未见。有"山阴许氏珍藏"一印。钞本颇旧,当在清初。后归徐积馀。余从沈某许获之。其人陈家存旧书售之,余所得不少,近已不复更有矣。壬辰十月初九日记,黄裳。

　　《竹斋诗集》一卷,会稽王冕元章甫著。旧钞本。九行,二十二字。前有括苍刘基伯温序。次金华宋濂撰《王冕传》。次诸暨张宸撰传。卷尾有景泰七年丙子郡人白圭《书竹斋先生诗卷后》,诸甥骆居安等跋,云:"诗分三卷,从遗稿编次,未备者期之采补。"是景泰旧刻当三卷也。收藏有"山阴许氏珍藏"(朱方)、"南陵徐乃昌校勘经籍记"(朱长)。有徐乃昌手书题记云:"其诗集尚未见刻本。"

元人才调集

　　此卷余得之姑苏护龙街上,只存下半,而书却绝秘,世无著录。只清吟阁目中有此十四卷耳。选录不俗,钞手亦雅,当在乾隆中。当付工重装藏之。癸巳正月初四日,大雪,闭门不出,拥炉记此。黄裳。

　　此册收于护龙街文学山房对过一肆中,已五年前事矣。时余初买书,尚未与诸估相稔。只过肆翻阅架上所储,不弃丛残,所得佳本乃不甚多。然残帙中颇有罕见之书,此其一也。此肆后更零落,即此种残卷亦无之矣。近来遂不复过之,而吴下书坊亦几尽成消歇,十年一觉,旧梦犹新,而人事变易乃有不堪更忆者,此其一也。冬闲展卷,辄又阅此,因记卷尾。乙未大寒前四日,来燕榭寒窗记。

　　《元人才调集》十四卷,存卷八之十四。旧钞本。十二行,二十四字,板匡下方阑外有"拙逸堂藏"四字。

盛明五家诗

　　明钞本。存卷一至三一册。棉纸蓝格,写手极精。板心有"月湖陆氏家藏"六字,得之甬估林集虚许。月湖在甬上天一阁畔。

赤　雅

数日前余偕小燕去当湖妇家，暇辄去故家观书，绝少当意者。惟于西小街一家见旧钞数册，而以此本为最佳，遂论价买归。卷端有梅谷印，奇晋斋主人陆子章也。此册当写于清初，前有曹源祁识语，距明亡不过三十年耳。余近方收海雪堂刻《峤雅》，更获此以俪之，书缘墨福，如是如是。默庵周姓，年六十馀，絮絮道醉李故事颇可听也。乙未雨水节，黄裳记。

此书有知不足斋刻本。以文云书前尚有阮圆海序引二通，削去不录。可惜也。湛若《峤雅》卷中多与怀宁倡和之什，海雪堂重刻亦仍之，安得为先生辱乎。鲍本前尚有张沅序，此本无之，惟此旧钞尚是四卷之旧，卷首总论一篇，亦鲍刻所无。每卷自分段落，前有大题，条目甚明，以文俱削而去之，强分三卷，失其旧矣。乙未闰三月廿二日晨窗校记。

《赤雅》四卷，皇明岭南邝露撰。又题南海邝瑞露撰。旧钞本。九行，二十五字。前有崇祯乙亥天中节江左友弟薛采序。有康熙乙丑武水曹源祁跋。收藏有"梅谷"（朱文胡卢印）、"弋书楼"（朱方）、"默庵"（白方）。

塔影园集

　　此旧精钞本《塔影园集》，三年前得之郭石麒许。其中《金陵野钞》十四卷已撤去，是只存诗文集矣。藏之箧内，未遑展读。月前余新婚，友人燕赏斋以旧藏顾云美八分条幅一事见贶，书法精雅，署东吴顾苓，下钤连环小印，曰"顾八分"。所书为《诗品》一则。悬来燕树中，朝夕展观，乃忆及此。北游归来，检出重观，因更题记。甲午十一月十三日记。

失　题

　　汉文渊书肆买得粤东李氏遗书,中无旧本,只此书绝佳,议价甚久而未谐,以主人所望甚奢也。今日又过之,乃并它书同得,归而拣诸家藏目,皆未之见,《四库》亦未收,且亦不入禁网,是真孤帙秘册矣。写手极精雅可爱,殆从刊本出者。近日录旧日所藏诸书,写为簿册,明人别集已近百种,收书之兴转浓。此本之来,于晚明人集中又添一种,喜而记之。乙未春后三月初十日,黄裳记。

　　今晨检《千顷堂》、《两浙采撫遗书录》等,俱未见著录,是其罕传,何待言耶。黄裳,三月初十日。

柳潭遗集未刻逸文

　　石麒近去四明访书，昨闻其已归来，今晨访之三马路来青阁中，以旧本一叠见示，而以此册为最佳。书系明人未刻稿本，作于甲申、乙酉之际，无一篇非有关南明史事者。朱墨纷披，待刻而终未刻，未入禁书目中，不为世人所知。其幸存也亦仅矣。辛卯九秋。

　　今日偶阅《贩书偶记》，见有《柳潭遗集》名目。书凡六卷，无刊刻年月，盖顺治中刻也。是此书曾有刻本矣。此册尚是当日原订草稿，每卷前书"卷七"至"卷十"，以下未分卷，然则或是继卷六以后未刻之书，未见原刻，殊不敢定。姑悬一解于此。辛卯十一月初一日。

　　《祁忠敏日记》崇祯甲申四月初六日条云："季超兄附一字于王予安，言家眷断宜归。访予安于剩园，云其令郎茂远书来，道皇上二月念三召对，人情汹汹，至贼围京城，则未确也。"知茂远是年仍居京。且与祁氏为通家世好。此集后有祭忠敏文及自祭文，遗民心事，灼然可见。因读祁氏诸集，漫记之。壬辰冬至后一日。

《明季北略》卷廿二"从逆诸臣"中有王自超名，曰："浙江绍兴会稽人。崇祯癸未庶吉士。以年老不更事不用。自超行贿选司杨枝起，乃许补。"后附记云："闻自超降贼后，祝发某地。久之，夜归。妻为祝孝廉女，闻叩门，问何人，自超曰，予也。妻曰，汝是何人？自超曰，岂我音而不辨乎？妻曰，固也。第汝受朝廷厚恩，而不思报，反降贼子，大误矣。既已祝发，亦休矣。今犹趋归，又误矣。归而叩余户，更误矣。汝不过思两子耳。汝急去，勿相见也。竟不启纳。自超惭而去。祝氏严督其子读书，悉能文，不令赴试。祝亦奇女子也。闻自超年颇少，前载年老误也。且闻少不更事，未闻老不更事也。其为书误可知。顾事贵阙疑，不敢擅易一字耳。"此记自超曾降李自成，后祝发，且不见容于妻，颇资异闻，因更记之。戊戌十一月廿四日雨窗记。谢山跋《崇祯十七年进士录》引其文云："会稽王自超、新喻万发祥皆以庶常留馆。"是可证《北略》之言为不诬也。戊戌小尽日。

《浙江图书馆特藏书目乙编》有"《柳潭遗集》六卷一册，清会稽王自超撰，顾予咸选，清初刻本，连氏枕湖楼旧藏"一条。己未七月重校记。

按《柳潭遗集》稿本一册，毛订。卷中有用黑格纸者，左阑外下角刻"足征堂"三字；有钞白；有黑格无栏纸，板心上有"妙远堂"三字，左下方阑外有"雪菌钞书"四字；又有已刻之叶，如"潘子翔小传"及"易六房朱卷"皆是。卷前有"王印自超"（白文）、"茂远"

134

（朱文）二印。似待刻底本。每卷前大书"柳潭遗集卷几"，双行题"明会稽王自超茂远著　山阴□□□□□"，辑者姓氏未补。自第七卷起，收序、碑记、疏奏、论表、启赞飨、杂著等文。卷尾有《自诀》文，题下有编者小字附注一行云："丁亥夏四月客湖上，书存箧中，六月遂果其言。"可知自超死于丁亥六月。其文云，"谪来人世有三十年"云云，亦可知其年寿。又有《客座五约》一文，题下自注云："丙戌自髡，名曰夕可，乃有是约。"其约曰："□□□以姓名通刺，不与人间庆吊"，"不茹荤，不赴饮"，"不敢于厅事设坐并接宾客"，"不敢燕客"。所撰文多有关明清易代时史事，每题下辄记岁月，有《萧五云文草序》（甲申）、《古中兴任贤从谏录后序》（代父，乙酉；按此文首云："师相张公身任治兵讨虏之事，辍纶扉以行边，乃从戎马内手披往牒，寻古中兴之主任贤从谏诸大事，入迪主上，既录成表进，爰广之梓……"）。按此书似已梓成，未见传本。《自题申酉之岁作》云："乙酉春，王子以数卷，寄身西湖之剩园，坐雨小楼，遂有竟月。既晴舸烟杖，与山水上下者复一月许。当是时王子处忧患，畏人影，平时交故，咸以王子累人，绝足不至。……遂以两月所得章句，并北归诸言合之，题曰申酉之岁。呜呼，申酉之岁，非独王子之岁也。经二君，见两亡国。国中之士，一变□□（按两字涂去），后之人其志之。其痛心腐腕，不能已已者，此申酉之岁也。王子虽放废，为时累人，幸而山水不弃，又得乘间读书，申其言咏，其词虽鄙放，然窃自爱之，以为一岁之中，经大乱，罹大法，当死不死，处夫忧患，复有寸得，不若世之苟然者，如此岁月，颇不甚恶，故不忍废而志之。自三月中浣来西湖，至五月望别湖以归，时闻□已掠江且南矣，又一月而武林陷，塞马浴于湖中，向之两峰六桥，与夫剩园者，安在哉。而吾诗尚存，悲夫！乙酉冬日序。"此文颇记身世，更知所居之剩园在湖上。又清军下杭州后诸状，自云放废，故交都绝，盖因曾归自成也。《自题放言》有云："予丁乱世，自谓无生，今幸而生，又一年所。乙酉夏后，诸公咸奋臂从王，为高官大爵，而予仍伛仰荒园，自同麋豕，……"按此二文皆手稿，书法亦可观。《张玉笥相公寿序》（丙戌）、《潘子翔小传》（乙酉，此文为刻本，记潘生死事甚壮）、《代父辞授职疏》、《条陈浙西事宜疏》（代，按此疏有关鲁王一局形势甚悉）、《代张相公请恤江南殉节诸臣疏》文所关一时人物出处死生尤巨，皆当时清流议论也。有云："而尝州则中书卢象观，象观起义宜兴，转战湖州，杀虏甚多，其死最烈。"又《请治兵浙西疏》（代）有云："且臣之同年举人查继佐，故宁士也。航澥间关，痛哭而诉，其言颇与臣同。继佐之言谓，虏昨有数十艘掠其乡，为其族人夺虏二艘，虏殊不敢撄。又有盗艘假称义师者，乡民咸踊跃欢舞，人人庆更生。如此则彼中人心犹可用也。继佐固倜傥有大略，意智不腐，才名复卓，其平时熟识亲族朋辈之才者，一呼百人，声称甚远。阁臣逢年，深知其人可用。夫以浙西人复浙西土，计之上也。诚得敕下吏部，授以枢司，同臣前往办贼，臣虽驽劣，然不至如世之侈言欺世，毫无实际者比，盖使其悠悠于一官，不若鞅掌于磐错耳。"此荐查继佐，代父所作也。其时宁地已遭胡骑践踏矣。

《乙酉之变论》撰于乙酉，实最可代表一时清流议论。文云："呜呼，甲申之变，以江南士女之蓄愤，用其气犹可十百世，而竟不及一祀终，误国者人食之岂足肉哉！国亡于朋党，其信然与？国亡于党，古国与党俱亡者，今国亡党犹在，又何也。方史可法之外出也，祸端见矣。甚之于张慎言之廷哄，不数日而慎言去。又数日而阮大铖来朝。又数日而吕大器以迎驾异议劾。又一月而姜曰广、刘宗周、徐石麒相继去，大铖则竟用。不数日而拥戴之恩罩，又一月而魏案之锢开，袁弘勋、张孙振、周昌晋等则尽用。又一月而东宫之狱起。又一月而左良玉之檄到。又半月而虏竟渡江。古来误国诸奸，未有庸劣如士英辈者。且夫一日之愤二百八十年之气也，二百馀年养之，一日作之，一年雕丧之尽矣。此非极虐肆过、大不堪于人心天命者，不能若是之速也。呜呼，此岂亡国臣所忍言欤。若夫谋国之失，则犹有可指者。金陵新立，国有君矣；李贼西败，山左父老望江南诏书如饥渴。旷日久迟，委而弃之虏，可为痛哭者此也。借此时史可法鼓行而前，四帅振旅而北，联络德州，乞师顺义（"顺义"二字原作"女直"），亦将如广平王之用回纥者乎。不然，山前山后，犹可盟也，乃漫然一介故事耳。以若存若亡之江南，为不痛不痒之礼数，虏即稚子谁能欺！世未有一师不出，身处安邦，而以大仇委之敌国者；亦未有大仇未复而漫然欲以玉帛讲两国之好者，此必不得之数也。前此失勿论。陈洪范归矣，勿寒心乎！虏弗许讲，举朝咸曰虏勿讲矣。勿讲之外，无再计一字也。毋论置贼于不论，并且置虏于勿闻。国家闲暇，及是时报其夙怨，为士英辈，如此而已矣。去年则捐山左，今年则议捐淮扬。捐山左，诸帅之意也；捐淮扬，士英之心也。使我兵一步过河北，则诸镇心不快；使淮扬一日不破，史可法一日不死，士英心不快。故可法不死虏，则必死士英。东宫童氏之狱兴，死恐不独一可法，士英之辈方鼓刀厉刃，以待旦暮饱所欲，而事卒未成，此亦有天意乎。方虏从许定国请而南下也，时左气方盛，京师人汹汹。左为士英来，士英先已仇，于时檄重兵，趋上江拒左，而予虏以京口渡。故金陵之失，良玉无辞焉。且不独此，玉曰诛君侧，诛君侧岂旷岁事，疾风暴雷，整兵阙下，然后声罪正名，慰宫阙自谢，则豪杰也。即不如是，董卓、王敦，亦岂顿兵攻城，以贼自予者。盖士英之恶，不能万一秦桧、韩侂胄；而良玉诸人又求如敦、峻、绍、卓而不可得。呜呼，作逆犹不能，况望成事哉！”书牍一卷中有乙酉《与张大行》一札，中颇及其身世，中有云：“昨年北都之变，欲死未能。其所不克从先皇帝于九天，而以余年复见膻腥之俗者至今，中夜涕泗滂沱。去夏之仲，间关南来，当事者不分苍素，概从吏议。罗网四张，亲交皆断。顾仆所以惜余生不即一死者，良有所持，而又自念此悠悠者不足与论。何则？守死大节也，从伪大逆也。既不即死，复非伪臣，身处二者之间，而有其名曰洁身，呜呼可哀矣，是何足道哉。今年五月，虏渡大江窥金陵，弘光帝且弃走，世界昏塞不可问，而弟犹然席藁也。尝呼南归之难民问之，某公犹有存者乎？则曰，已出城先日迎虏也。某大老得无恙乎？曰无恙，且首剃发为虏先。某黄门某御史皆在乎？曰皆在，某衔虏诏来矣。夫弟所问某某者，皆当时白简高弹，深文周内，欲尽北来人而杀之者也。去几何时，而遂若是哉。弟生年二十有六，前路颇宽，求一良死非难。顷已作自祭文并挽歌一章，须旦夕有可以死者即死之，而足下方且投袂奋臂，争中原大事。弟或免即死，亦当手抱一卷，日对双松，退而耕田，以了生事。百年之后，将曩时所谓贵人，要路持利刃欲杀人者，既已化为灰尘冷土，而弟或时露其姓名焉。呜呼,此非世俗所能限我也。……"

此后又有《哭倪鸿宝先生文》(乙酉)、《为义兴军祭义士王毓蓍文》(乙酉)、《为义兴军祭殉难祁中丞彪佳文》(乙酉)。《客谈》一则,作于丙戌,详记越民之苦,最有史料价值。

《野谈》如干则,亦作于丙戌:

"义师既得富春,旋以纵兵淫掠为百姓构。虏来袭,我师弃走,富春旋复陷。此虽纵兵之过,然按当日与虏对,亦大暗兵计也。初得富春,即屯兵城内,一暗也。虏既至,即开门陈,又暗也。夫以数千新弃犁锄之乌合,而欲与严虏陈,此不卜知败者。当虏之至,为我者即宜饬部伍,出约束,闭城而为守。顿虏之骄心锐气于严城之下,而我岸之奇兵从背后夹击之,此兵法也。余前所谓欲取杭则必争海宁、富春二邑者,非不知虏之不能忘情二邑也。以谓我得之则虏必争之,俟虏之争,而我施其技焉。以我攻城,是我致于人也。使敌攻我,是我能致敌也。故以二邑委之虏而俾之争焉。七国之变,亚夫曰,当以梁委之。呜呼,今固有知此说者乎!"

"国法于赃吏至严重矣,然土崩瓦解,一败而不可收拾者,其故卒在于贪官。……其人率皆新进趫捷之士,依门户,谋声气。持局开疆,人畏之不敢问。且称为能吏焉。求其故,大略一荐绅之望者,其下足庇污吏数十人。门户高,声气远,则所庇愈多。凡巡方之贤否必是询,南北两台之是非必是谘。既以获欢于是人而庇焉,上吏不敢问,内劾无所施。而凡所谓污官者皆自号曰某公之门。某公之门则皆自号为正人者也。是以三吴之吏,不曰虞山,则曰华亭。虞山则钱谦益,华亭则许霞城也。此数君子者凡江南之吏尽归命焉。于是门士食客，挟诸公之缄而遨游长吏之国者，日以百计。至则设供帐，谨筵会，取民间脂膏泥沙而奉之，以饱所快。凡星医卜筮，下至于黄冠白足，挟持某公，则长吏奉为上客不敢惰。而此辈亦咸自谓曰，吾侪皆声气人。呜呼，古之贪也一吏而已。今则一君子之门，可以养贪吏数十，而又养星医卜筮，黄冠白足诸色等数百人，以助贪吏所不及，此皆所谓饿虎而纵之食人者也。虎可饱而人肉不几尽哉！则谓国亡于声气可也。"

"乙酉五月，虏渡扬子，信至京师，弘光帝外狩。时机密大臣如马士英，皆不与。道太平，靖南伯黄得功以军迎至太平城。城内以驾至不应。得功即以兵攻城，焚掠无禁，民怨入骨。初民闻驾至，闭门，且出不经语，至是又被攻，怨更甚。乃相率赴虏，告驾在某，可取也。随路杀帝所立邮报官。帝出太平，将发芜湖，拥万人，挟六淑女，辎重狼藉，自晨至酉，行不十里，止。邮报者绝，虏且及前。得功知，即奋戈前，内应起其帐下，弯弓内向射，得功毙于军，帝受缚而北。"

"郑鸿逵拥唐王至闽，前驱臣先声至，闽大哗。则皆曰祸至矣！弘光帝且同马士英来吾闽。于时抚按官同总戎郑芝龙大告谕安民心。谕曰，□□伯郑护迎唐藩来闽，唐藩者，高皇帝之裔，军中并无弘光并马士英，尔民其安心。于是众始定。越旬日，文武奉唐藩监国。"

"弘光帝既出狩，马士英不及从，乃扶太后及其母并其帐下兵以行。由溧阳广德至钱唐。广德不纳，则攻广德，杀其令。至杭，犹欲以太后莅百官。民间愤，诸生出讨檄。士英乃诡谒文庙，以数百金颁诸生，翌日即有以平心论揭衢巷者，为士英解纷。于时科臣熊汝霖等持议请潞王监国，迁延旬日，虏且至城，遂降。野史曰，弘光帝不欲同士英行，士英亦竟不从帝狩，意皆有在。帝谓民怨由士英，士英亦谓不同帝行，可免祸也。……"

"燕都之变，贼已至城下，而自宰相至庶民，无一人知者。是月望日庶常犹进阁试下旬课，余悲愤辞不赴。及晚询其题，则文章性道解也。余闻之恸叹。次日东宫出阁讲书，首辅及诸翰侍班。东宫犹问难，首辅进讲娓娓逾数晷，时城外炮声已动矣。讲臣出而仆马跟跄告急，始知贼在城外也。"

以上是二十多年前所作的一则札记。其实只是钞录了原书的一些章节和自己写在书衣上的几则题记而已。本来也想作些研究，而"年光逝水，世故惊涛"，终于什么都没有作成。差可庆幸的是书籍虽已荡然，而札记的旧稿尚在。但已纸敝墨渝，就请人重新钞录一过，校读之馀，有些零碎的感想，想顺便在这里说一说。

作为断代史的明清史，其中晚明部分的研究，在几十年前曾着实兴旺过一阵。我想这是由时代和社会的因素所决定的。从清末开始，学术界（其中最主要的是民族革命的参加者）就开始大规模地搜求、翻印晚明野史，并进行了广泛的研究工作。他们不是为历史而历史，是有其鲜明的政治目的的。此后，有一段时期，人们的激情逐渐冷却下来，更多地致力于文献的搜集和著录了。这种趋向表现为旧书中"禁本"价格的飞涨，在公私藏书的目录上，身价也陡然地高了起来。但更深入的研究成果少。到了二十世纪三十年代,另一阵"晚明热"再度兴起,自然,这与当时的政治形势也是密切相关的。有些想在国家、民族面临严峻命运之际闭起眼睛的人,就大量翻印晚明小品,希望人民也跟随他们一起闭起眼睛,进而忘却严酷的现实;以鲁迅先生为代表的革命者则提出,人们应该多看看晚明的野史,因为当时的中国和三百年前的晚明,在许多方面实在太相似了。这就是在那次"晚明热"中泾渭分明的两条线。这种"热"一直延续到抗日战争的胜利。八年离乱之中,流转在西南一隅的读书人,理所当然地要记起永历和隆武。陈援庵先生撰《明季滇黔佛教考》,于目后小引中说明明季滇黔佛教致盛原因的第三条说:

> 中原丧乱之影响也。明季中原沦陷,滇黔犹保冠带之俗,避地者乐于去邠居岐,故佛教益形热闹。……

在一九五七年的重印后记中更明白地阐述著书的原旨说:

> 其实所欲表彰者乃明末遗民之爱国精神、民族气节,不徒佛教史迹而已。

一九四〇年旅居昆明的陈寅恪先生为《佛教考》撰序,远寄住在北平的陈援庵,序中有这样的话,"先生讲学著书于东北风尘之际,寅恪入城乞食于西南天地之间,南北相望,幸俱未树新义,以负如来。"(按此指陈序中所引支愍度过江故事)我想引用两位先生的

142

话,说明抗日战争中中国知识分子的心情,应该是比较典型而生动的。而它也正好说明了"晚明热"的一种重要成因。

新中国诞生以后,历史学的研究有了飞跃的发展,许多更为重要的课题相继提出,新材料也大量发现了。在兴旺发达的历史学的百花园中,明清史只不过是其中的一个部分,而晚明史的研究,相对说来就退居次要的地位。这是一种正常的现象。不过晚明这个时代,无疑是一个重要的时代。材料又比较丰富。许多重要的历史问题,如农民战争、中国封建社会资本主义的萌芽、中国历史上民族之间的战争与融合,以及一些重要历史人物的评价等问题,在晚明史中都尖锐地存在着,亟需根据大量的历史资料,用历史唯物主义的方法进行细密的分析研究,通过争鸣,取得比较科学的结论。今天,从中可以得到必要的借鉴与教训,自不待说;就是对一些史学问题的通盘解决,对不同时代的具体问题的研究与解释也将有很大的帮助。

从王茂远的遗集中,我们不但得知一些珍贵的、不见于其他野史的记载,同时还会启发我们考虑一些长久以来没有得到完善解决的历史概念与问题。例如,怎样正确对待取代腐朽的朱明而入主中原的清帝国,就是一个看来简单其实充满了矛盾的问题。

过去,我们的历史学者,在这个问题上,若干年来其实还一直继承着黄梨洲、全谢山……的传统。这当然是一个优秀的传统,但在今天,没有新的发展、认识,原封不动地继承着这传统,就很不够了。象晚明的那种情况,国家已经腐朽到了这样的境地,不但作为极端凶残的剥削机器,迫使全国农民都拿起武器来反对它,就是在抵御外患时也完全失去了国家应有的机能。对这样腐朽没落必然死亡的王朝,是应该给予无情的谴责的。如果今天我们依旧跟在明遗民的后面,不加分析地为它哀哭,对它怀恋,那就将成为一种非常可笑的现象。让孔尚任的《桃花扇》支配我们感情的时代,应该过去了。

在近二十年前,又曾经出现过另一种论点。我们祖国的兄弟民族之一的满族的清,入关以后,统一了全国,适应了历史发展的潮流。这样,一些著名的抗清历史人物,如史可法、张煌言、瞿式耜等都被看作逆历史潮流而动的"反动分子",不但丝毫不值得称赞,而且必须批判了。这样说,不也就肯定了迎降的阮大铖、陈之遴……,因为他们都是"识时务的俊杰",懂得"历史发展的潮流"的。这样的意见,即使用心是怎样的好,怕也不能为广大人民所接受。这就和前些年盛行的赃官比清官好的"高论"一样。"清官"拼命要维护腐朽的封建国家机器,努力修补,使之不致立即垮台,岂非正是延缓、阻碍了"历史的发展"么?说也确是说得"通"的,但除了"四人帮"及其论客之外,全国人民都听不下去,接受不了,因之这也无疑是错误的。

王茂远是绍兴地主绅士家庭出身的子弟,崇祯甲申正好留在北京,遇上了李自成入京和崇祯帝上吊。他立即投顺了闯王。但他的内心是并不如此的。逃回江南以后,不料弄得无人接待,连自己的妻子都拒而不见了,他只好去当和尚。不久,又遇上了弘光乙酉之役。一些义正辞严主张严办"从逆"人员的大官、清流,又都乖乖地去迎降了"我大清"。这就使王茂远很不理解,而且牢骚满腹。

应该说此人还很老实、坦率的。他解决这种不可能解决的矛盾的办法是自杀。在自杀以前，还写下了这一本书，他的立场表露得明明白白。对我们了解当时清流的思想、观点，都很有帮助。集子里有一篇祭祁中丞的祭文，可见他对殉难的祁彪佳是肯定并佩服的。实际上祁彪佳等遇到的矛盾比王茂远要单纯些，只是臣子为君父殉节。王茂远在此外还有"从逆"的一款，因此，他的一些自白，就有更多的研究价值。

　　对南明弘光的政局、战守……他也有自己完整的评论，与同时许多人的看法也不完全一致。对南都沦陷以后浙西义师的规划，他也有全面的考虑与建议。他还记下了一些"小道新闻"，都不见于同时的野史，有许多是不无根据的。如南都陷后，马士英何以没有与弘光一起出走，却挟了太后入浙，他是有所解释的，就不见于他家记载。乙酉之际，江浙义师蜂起，但都悲惨地失败了。那真实的情况他也有所反映。人民就是这样明知要付出重大牺牲仍要奋起抗清的心理是值得好好研究的。难道他们竟是舍不得姓朱的皇帝么？试看弘光帝与黄得功逃难来到太平，老百姓不但闭门不纳，而且口出不逊，还到清军那里去报告。后来这位带了一万名士兵、六名美女与无数财宝的皇帝，一天走不上十里，终于被捉住，押解回去了。同样是老百姓，一面拚死抗敌，一面却坚决地抵制了这位象瘟疫似的皇帝，他们的态度，不是明白鲜明得很吗？

　　"声气"，这是一个流行于晚明的政治术语。有点近似于我们今天所说的"帮"、"派"、"山头"……，而更为巧妙。很能传达出它的那种特色、能量来，说明这是一些有纲领、有理论、有织织的小集团。王茂远举出江南的虞山（常熟）和华亭（松江）两个山头和他们的头子钱牧斋、许霞城，说明他们起了怎样的恶劣作用。广大的人民群众是怎样在这群吸血鬼的压榨之下喘息、呻吟。他的结论是，"则谓国亡于声气可也"。过去我们对东林、复社的知识，多半得之于社局中人物的著作，自然不免失之于偏，难道他们肯说自己的坏话么？于是，存在于野史、逸文中的"狗咬狗"式的内部暴露就显得格外珍贵了。张汉儒对钱牧斋的控告（见《虞阳说苑》），就是这类的材料。王茂远在这里所说，不过是鸟瞰式的钩勒，肯定是粗略的。但即此，不也就使我们明白，明朝的覆亡，已经是历史的必然，一些都不值得惋惜了么？

《柳潭遗集》的前六卷是已经刻印了的，是顾予咸所选刻。我怀疑，经他这一选，一些尖锐的篇章可能就刊落了。这从第七卷起的遗文，看来当时是不可能付刊的。也许被顾予咸选落的那些，后来就编入在这里。但没有看到前六卷的刻本，这也只能是一种猜测。

一九八〇年四月廿八日重校讫记

今年春天，在浙江图书馆看到了《柳潭遗集》六卷的原刻本。这是清初刻本。八行，二十字。题："会稽王自超茂远著，古吴顾予咸松交选，会稽平远子远阅。"卷前有顾予咸、陶覆卓、徐征麟三序。陶序中说："茂远遗文若干首，予门人平子子远搜辑散佚，仅而获存。乃去者半、存者半。简汰抑割，仅以其诗行。若欲传茂远而不敢尽。……"又说作者"年未三十，离愁以死"。这样，稿本《遗集》

就不是删余,而是未刻。当年刻行的只是他的诗。诗中也有堪称诗史的作品,而且有许多墨钉,可见也有不少避忌字样。但比起"文"来,还是大不一样。卷七以下的文字,简直一篇都不能刻。

他的几位朋友对王茂远的遭际是同情的,如徐序所说,"士生末世,忧谗畏饥,鬼瞰高室,人忌荣名。至今读右丞凝碧之诗,犹负左徒怀沙之痛。"说的就是这种意思。

卷四有《过奕远山居(丙戌秋杪)》一诗,奕远祁氏,是彪佳的侄辈。可见当时山阴祁氏诸子对他还是加以接待的。又说明他的死是在一六四六年秋天以后。诗也多少写出了当时的气氛。象张宗子辈过的就是这种日子。

    云门秋色里,一路便闻君。名苦无山避,诗成每夜焚。交多且细论,僧老渐能群。离索今休叹,满峰有白云。(其二)

一九八二年十二月二十九日校毕记

河东君尺牍钞

　　旧藏钞本《湖上草》,管庭芬故物。中收柳如是尺牍三十一通,都是写给她的"男朋友"汪然明的。可以算得上三百年前的一束"情书"。本来想给这些笺札作些"笺注",但此事大难。看来还只能说些空话。也许有人怀疑,柳如是真能写出这么漂亮的信来么?会不会有人捉刀,这问题需要考证,而考证之道,我是不懂的。以理度之,可能性自然并不是没有。但柳如是有诗集,有明刻本;还有许多附刻在《初学集》里,说她的作品曾经旁人点窜,事属可能。但说她专门请了一位"秘书",代为写信作诗,就不大像了。

　　这些信大抵写于崇祯十二年己卯,其时如是正在湖上作客。信是写给汪然明的,这是一位徽州富商,久住杭州,喜欢风雅,与文士颇多来往。看情景他与柳如是关系相当密切。汪和牧斋也是朋友,柳归钱后他们还有过往。

一、湖上直是武陵溪,此直是桂栋药房矣。非先生用意之深,不止于此。感甚,感甚。寄怀之同,乃梦寐有素耳。古人云千里犹比邻,殆不虚也。廿八之订,一如台命。

这是如是初到湖上,借住汪然明湖庄时所作。看样子这别墅是非常精致的。当时官僚地主富商都喜欢在西湖边上兴建园林,春秋佳日,来此小住,自然也招待客人。张宗子在《西湖梦寻》序里就有过记述:"如涌金门商氏之'楼外楼',祁氏之'偶居',钱氏余氏之别墅,及余家之'寄园',一带湖庄……"如是有"题祁幼文寓山草堂"诗,就是为祁彪佳所作。我怀疑,这"草堂"并不在越中,可能即是"偶居"中之一境。

二、早来佳丽若此,又读先生大章,觉五夜风雨凄然者,正不关风物也。羁红恨碧,使人益不胜情耳。少顷当成一诗呈教。明日欲借尊舫一向西泠两峰,馀俱心感。

看信里所写,是春天光景无疑。信写得极婉转,可谓一往情深。姑不论这"情"是真是假,但表达得极有分寸。也许这就是所谓"名妓"的"本领"吧。《湖上草》里有好几首西湖诗,第一首就是《雨中游断桥》,自然不一定是这次借了湖舫出游所作,但总写于同时。诗云:

野桥丹阁总通烟,春气虚无花影前。

北浦问谁芳草后,西泠应有恨情边。

看桃子夜论鹦鹉,折柳孤亭忆杜鹃。

神女生涯倘是梦,何妨风雨照婵娟。

三、泣蕙草之飘零,怜佳人之埋暮。自非绵丽之笔,恐不能与于此。然以云友之才,先生之侠,使我辈即极无文,亦不可不作。容俟一荒山烟雨之中,直当以痛哭成之可耳。

云友是杨云友,也是名著一时的人物,与如是自是相识。旧钞本误作"云游",今据原刊本改正。李因的《竹笑轩吟草》就有写如是的诗,她们这些手帕交,当日是颇通声气的。如是称赞然明之侠,与云友之才并举,可知两人之间必有一段故事,而如是"荒山烟雨"中"痛哭成之",简直是以贾长沙自命了。

四、接教并诸台贶,始知昨宵春去矣。天涯荡子,关心殊甚。紫燕香泥,落花犹重。未知尚有殷勤启金屋者否。感甚感甚。刘晋翁云霄之谊,使人一往情深。应是江郎所谓神交者耳。某翁愿作交甫,正恐弟仍是濯缨人耳。一笑。

汪然明不仅请如是住在自己的别墅里,并且时有馈赠。这是一封谢信,但写得那么巧妙,漂亮极了。交甫云云,使人想起苏东坡跋《天际乌云帖》里的诗,这位刘晋翁看来是想转如是的念头,而且还有愿作交甫的"某翁",但轻轻就给她回掉了。她简直全然不把这些殷勤放在心上。这里不但可以看出如是的性格、手腕,也反映了明末"名妓"生活的一个侧面。

五、嵇叔夜有言,人之相知,贵济其天性。弟读此语,未尝不再三叹也。今以观先生之于弟,得无其信然乎。浮谈谤谣之迹,适所以为累,非以鸣得志也。然所谓飘飘远游之士,未加六翮,是尤在乎鉴其机要者耳。今弟所汲汲者,止过于避迹一事,望先生速图一静地为进退,最切,最感。馀晤悉。

看样子,像刘晋翁那样人物的"殷勤",使她不能不想法逃避了。而当时必然又有不少流言,使她不能安处。但她是不可能了解在那样的社会里,是找不到任何"静地"的。

六、弟欲览草堂诗,乞一简付。诸女史画方起,便如采云出衣,至云友一图,竟似濛濛渌水,伤心无际。容假一二日悉其灵妙,然后奉归也。

这次是借然明的诗集,并提到杨云友的画。云友也是当时"名妓",流传有"杨云友三嫁董其昌"的故事,并写成传奇,至今川戏有"卷帘求画"一折,就是仍存在舞台上的遗踪。看来如是的许多行径,都曾受过云友的影响。

七、鹃声雨梦,遂若与先生为隔世游矣。至归途黯瑟,惟有轻浪萍花与断魂杨柳耳。回想先生种种深情,应如铜台高揭,汉水西流,岂止桃花千尺也。但离别微茫,非若麻姑方平,则为刘阮重来耳。秋间之约,尚怀渺渺,所望于先生维持之矣。便羽即当续及,昔人相思字每付之断鸿声里,弟于先生,亦正如是。书次惘然。

如是终于离开了杭州。不知她此次避居何处,有可能是嘉兴。这封信写得好极。她对汪然明的感激,也真是出自内心。看来然明对她是以平等的朋友相待,于是这个饱尝人间辛酸的女人的心,不能不为之打动了。他们还约好秋天重见,但要仰赖于汪的维持。只一句就透露了掩盖在华美词句下严峻的现实。

八、枯桑海水,羁怀遇之,非先生指以翔步,则汉阳摇落之感,其何以免耶。商山之行,亦视先生为淹速尔。徒步得无烦屐乎,并闻。

九、惠示新咏,正如雪峨天半,十日览之,未得波叶,况云琢玉,有不为邯郸之步者耶。落霞一题,当令片石被绣矣。拙作容更韵请政。

十、分袂之难,昔贤所惧。望中云树,皆足以摇居人之惨淡,点游者之苍凉矣。行省重臣,忽枉琼瑶之答,施之蓬户,亦以云泰。凡斯皆先生齿牙馀论,况邮筒相望,益见远怀耶。不既缕缕。

看这三通信,可知如是当日避客所居,离杭州必不太远。所以汪然明不但"邮筒相望",而且有时还来探视。如是和他诗筒倡和,俨然敌手,这就不是一般只挂一块"诗妓"招牌者可比。这位"行省重臣"不知是谁,可能是巡按御史之类的人物,也由汪然明的介绍,和如是相赠答。她对这种介绍是欢喜的。晚明这一阶层的女性结交豪门的方式,于此可见一般。

十一、良晤未几,离歌忽起,河梁澹黯,何以为怀。旧有卫玠之羸,近则裴楷之闲。羁绪寒悰,惟以云天自慰。无论意之有及有不及,先生能寒谷而春温之,岂特刘公一纸书,贤于十部从事而已。二扇草上,病中不工书,不述怀。临风怅结。

十二、高咏便如八琅之璈,弹于阆风,虽缑吹湘弦,何足并其灵骏。即当属和,书簏请政。落月屋梁,疑照颜色,闻笛之怀,想均之矣。来墨精妙,斋名双青,触绪无端,俟清尘以悉耳。

十三、鳞羽相次,而晤言遥阻,临风之怀,良不可任。齐云胜游,兼之逸侣,岵踦之思,形之有日。奈近羸薪忧,褰涉为惮。稍自挺动,必不忍蹇偃以自外于霞客也。兹既负雅招,更悼索见,神爽遥驰,临书惘惘。

十四、云海之思,寄于一介。虽有幽氤,岂可达耶?燕居

153

有怀,得无相念。飞越之意,不谋而会矣。长翁处旧作书篷,似乎荒忽。容专长赋长言,以志扬颂,何如?

这几通小札最能看出一种婉妙的风格。这大抵有如六朝人的小赋,多用四字排偶,也多用典,但不板滞,不枯涩,抒情隶事,都臻佳境。往常思索,中国古典文学中的用典问题,那用意到底何在?若论起源,自然也是易于想像的,不过是譬喻而已,为的是加强语气和增添鲜明的形象。在老百姓语言中也一直是习用着的。但积累渐多,它本身就成了一些符号,成为高级表达工具,为大知识分子所专用了。发展到左思那样的赋家,写起《三都赋》来,就大量地搬用典实,砌起一座五彩斑斓的建筑物来。但一般"俗人"大抵只在门外望一望,就吐吐舌头走开了,没有谁肯驻足,或走进去,自然也就不大有人能领略这种建筑物的奥秘。像左思这样的建筑师,一心只想炫示豪富,结果却不好,不免是蠢材。

但也有聪明人,一般地只是用通常的砖瓦木石造房子,但偶然在要紧处所,选用一些云母、宝石、螺钿……就能使建筑物顿改常观。这种以珍奇品物作辅助材料的人,除了追求表面的华美之外,就还有另外的用意。

有许多情感,往往是不能直白地说出来的。用了典,就好像在本质外面罩上了一层十分美妙的罩子,矇矇眬眬隐隐约约,既表达了意思,又不刻露,含蓄得十分巧妙。我看,这可能是用典的一个重要原因。

举例以明之,如说相思之情,用了"落月屋梁,疑照颜色"的典,马上就可以使人联想起杜甫赠李白的诗句,情感的深挚,刻画的生动,实在比起"一天到晚,你的面影一直在我眼前晃来晃去"高明多了。

退一步说,即使并不用典,四字的骈体,也往往能发生相同的作用。如"燕居有怀,得无相念",就远比"闲来无事,你心里就不想我"蕴藉得多。

皇权社会里一个年轻女子,即使是"下贱"的妓女,当她要表达自己的情怀时,是无法不伪装一下的。皇权社会里的文人,照汪容甫的说法,那处境简直就和妓女相去不远,都是靠向统治者卖笑吃饭的,那么,他们的采用同样的手法,不也就并不奇怪了么?

正因为柳如是是妓女,她的社会地位比起一般文人来还要"卑贱",当她使用了同样的文字武器表达自己的情感,甚至比有名的文人还要来得更为大胆而出色时,就不能不令人赞叹了。

读骈俪四六文,总会引起看人戴了枷锁跳舞的感觉,但当跳得十分出色时,自然也会引起一种惊异的心情。

以上只能算是题外的漫谈,柳如是在这几通信札里透露出来的情事是,她的贫病,她的向汪然明求助,他们之间亲密的过往。

　　十五、温序想清襟与和气相扇,可胜延跃。不意元旦呕血,遂尔岑岑。至今寒热日数十次,医者亦云较旧沉重,恐濒死者无几,只增伤悼耳。所感温慰过情,邮筒两寄,铭刻之私,非言所申。嗟乎,知己之遇,古人所难。自愧渺末,何以当此。倘芝眉得见,愁苦相劳,复何恨耶?荒迷之至,不知伦次。

看样子,如是的病是肺病。但每日寒热数十次,却不免夸张,若不是出于女孩子的娇,就是别有作用。

十六、摇落旅怀,奄焉青序。所谓思发花前,人归雁后耳。远饷华灯,清辉如对。觉悬鱼之固,无以称施,奈何。知瞻晤在即,欣辨无任。幸勿爽期,临楮延切。

这信大约写于上元左右,距元旦呕血,不及一月。汪然明给她送了灯来。"清辉如对"四字,说得太巧妙了。真是信手拈来,一些不费力气。受信人读了,能不动心。这就使我想起赵尧生改编的《焚香记》里的几句话,"书儿、墨儿、笔儿、砚儿,件件般般,都有郎君在"。两相比较,同是深情,而如是这里表达的是更高的境界。信末,几乎是命令似的口吻了,但声口还是那么婉转。大约汪然明是不能不遵命的吧。

十七、一发尺素,一为沾襟。浑似对温颜而道繁愫也。旅思其凄,归心转剧。相望盈盈,何由披沥。如得片晷过存,一筹住留,则羁人幸甚。否则躬涉远叩,图奉清尘也。仓忽草复。

如是终于住不下去了。说"归心转剧",她能回到什么地方去呢?是回到震泽归家院去么?"一筹住留",看来事情不那么简单,不然怎么会有下面的两句,"你要是不来,我可就要找上门来了"。

156

十八、雪至雨归，易别为恻。行旌所渺，劳心随之。见视新咏，凄若繁弦。当勉和以政。毕兄诗叙、雁道人新篇，计初十侧可就。行期当如前约，临楮悒悒。

看来，她和汪然明已经商量过了。如是还是决定离去了，行期也已订定。她还有些"文债"，要在行前料理清楚。可惜这些文字，今天都无由得见了。

（此篇为黄裳先生旧作，原稿后半部分已佚失）

湖上草 尺牍

　　余旧得柳如是诗及尺牍旧钞本二册于吴兴刘氏,有管芷湘藏印,意不甚重之,弃去久矣。后诣上海图书馆求柳集,珍重捧出者,即前所弃之物也,此外别无他本,遂手录数纸而归。原本尺牍当三十一通,今所录存只二十五首耳。又闻杭州浙江图书馆有柳集刊本,意或是汪然明原刻,倩陈凡兄往假录副。未几凡兄以手钞《湖上草》一册自香江寄至,然不言板刻,亦未知果是明刻否。马夷初丈《读书续记》尝记高欣木与张菊生争购柳集于虞山,云《柳如是尺牍》一卷、《湖上草》一卷刊本共二十四叶。《尺牍》前有林雪天素小引,后有林云凤跋,云:"汪然明以柳如是《湖上草》并《尺牍》见贻,口占二绝:'汪郎元是有情痴,一卷投来湖上诗。脱尽红闺紫粉气,吟成先吊岳王祠。''谪来天上好居楼,词翰堪当女状头。三十一篇新尺牍,篇篇蕴藉更风流。'甲申冬日仙山渔人题于檇李归舟。"又有徐花农、惠兆任二跋，无关故实。原书为徐子晋赠赵次侯者，并有车秋舲、贝简香、潘椒坡、翁叔均藏印，王静安有跋诗三首，云："羊公谢傅衣冠有，道广性峻风尘稀。纤郎名字吾能意，合是广陵王草衣。""华亭非无桑下恋，海虞初有蜡屐踪。汪伦老矣风情在，出处商量最恼公。""幅巾道服自权奇，兄弟相呼竟不疑。莫怪女儿太唐突，蓟门朝士几须眉。"王诗题于庚申季夏。观堂疑纤郎即后归许霞城之王修薇，亦无显据，近多无俚。箧中尚有佳墨数十丸，并蒋生沐写书旧格子纸数百枚，因手录一卷，并少补逸诗。旧藏多高阁密锁，今所补茸半出记忆；蒐全补阙，当期异日。

如是为晚明一畸人，三百年来论者多矣，尝辑得清人题咏一卷，无虑数十百家；又尝得朱野云抚河东君小像，自吴山尊以次，题识几满帧幅，然多艳说其风流遗事耳。如是出身微贱，少在盛泽妓家，后来禾中，初挑陈卧子，更识张天如，皆当时清流眉目、执党社牛耳者。后移居湖上，交汪然明。汪，徽州巨贾，亦好风雅，于如是周旋备至，更为商量出处。后如是终归虞山，当亦汪氏作合。如是选婿心事，殆始终以政治为第一义，其归牧斋，岂爱其黟颜白发，实以东林浪子隐然党魁，可藉以为钓猎之具耳。甲申劝牧斋清流自尽；乙酉金陵于阮髯座上，促坐行酒；牧斋入狱，周旋救护；江上之师，倾奁助饷，皆政治行动也。家变后自经，为一生结穴，亦非平常妇人所能出。其人不必能知民族意识，然热中而有机断谋略，则远非秦淮姊妹所可同日语者矣。至不修细行，别置面首，晚明风气往

159

往如此。如是本风流放诞人，更何足怪，叱之护之，皆同说梦。诗文俱有特色，殆非捉刀人所能为，所与唱酬，皆名下士，汪然明、冯云将、祁虎子，其著者也。湖上诗有于、岳二题，于愁红恨碧之馀，别具心目，求之闺集，殆无俦比。尺牍之美，更非晚明文士所可梦见，公安、竟陵何足骖并；清词丽句，落落大方，嬉笑娇柔，锦心绣口，汪然明之必欲墨梓以传，非偶然也。惜札中情事十不得一，安得一一勾稽而考订之，或于如是当时心事能更进而窥其委曲。然明有《春星草堂集》，在《丛睦汪氏遗书》中，向亦有之，未尝检阅，今易米去矣，念之惘惘。清集如海，其中必有与如是有关涉者，安得数载馀闲，为此考索勾稽之业耶？此非无益事，欲求甲乙之际社会真相，必不可不知此事。因跋如是小集牵连及之。己酉端阳前一日黄裳记。

余箧中尚有清初旧钞一种，为女史诗，后半卷为如是作，一时无从检得。又前所得嘉业堂本，亦是女史所辑旧钞，下卷为清人题咏，又见《四当斋集》有柳集序，亦是辑本，出虞山张南诚手，殆未墨板，今不知尚在天壤间否？其本亦出汪刻而补葺成之者。附志于此。己酉五月十四日更记。

别　记

一九四七年在南京，曾访龙蟠里图书馆，谒柳翼谋丈。得见钱唐丁氏八千卷楼旧藏元刊本《乐府新编阳春白雪》十卷，有黄荛圃跋。纸墨晶莹，有墨书细字批注，笔姿秀媚，据说出柳如是手。更有牧斋印与钱受之印，又"惜玉怜香"印，黄跋据书主何梦华说，墨批是柳隐真迹无疑。何是想将所藏书卖给黄荛圃,无怪将原书说得天花乱坠,果然计叶论钱,交易成功。我细细看了原书及黄跋,觉得眼福不浅。至于小字墨书是否真的出于柳如是手,实在难下断语,但自此这位名女人给我留下了深刻印象,也是我留心她的平生行迹、诗文著作之始。

当时图书馆外迁避寇,以初步归来,草草上架,损失不小,但宋元精本却基本无恙。这些善本对读者来说,几乎是开架的,像我只凭一张记者名片,就可以指名索阅宋元精本,黄跋顾校,今天回想,几乎是梦一般的"神话"了。

近日理书,偶然发现一册钞本,是我手写的《云间柳隐如是湖上草一卷补遗一卷尺牍一卷》,用的是"别下斋校本"黑格写书纸,有己酉端阳跋。己酉是一九六九,正是风雨如晦之际,不知何以得此馀闲,恭楷钞成,真是不可想象的"奇迹"。"补遗"一卷中有"题顾夫人横波所写墨兰"十诗并跋,后有我的小跋:

> 案丙戌为顺治三年,诗见吴琼仙《写韵楼诗》。又查为仁《莲坡诗话》亦尝记之,所记之卷不知即此否。琼仙徐逢源室。是嘉道之际此卷尚流转三吴一隅也。

当时尚未见如是《戊寅草》,只收"听钟鸣"等数诗,后亦有跋:

> 案如是有《戊寅草》一卷,明末刻本。未见藏书家有著录之者。忆《孝慈堂书目》有"柳如是诗,棉纸一册"语,或即此

乎。王士禄《然脂集》据以采入赋二篇、诗十首。云原集前有陈子龙序，收诗一百五首、词三十首。是殆如是移寓云间，挑陈卧子，得其一序以行之集也。野记有言陈严正不易近者，亦有言与如是交密者，皆非无因。殆始拒而终纳之耶。今展转录其诗二首，容续补之。

又辑得如是"寒食雨后"一诗：

红绡蛱雾事茫茫，不信今宵风吹长。留得春风自憔悴，伤心人起异垂杨。

诗见清前期刊女史诗总集《柳絮集》卷四十。

余尚辑有《柳如是事辑》一厚册，钞掠之馀，不知飘落何处，可憾惜也。其最可珍重者为李因（葛徵奇妾）《竹笑轩吟草》初集中"赠柳如是校书"诗两绝句。竹笑轩诗共三集，明清易代间刻。李诗皆赠章台同伴姊妹者，如是为其一。题下缀五字曰"工诗文临池"，时如是尚未归虞山，明清之交下迄清代，题咏河东夫人者，何止千百，唯此二诗撰于明末为最早亦最珍重。

不解长条系别离，一声折柳正相思。秋风犹恐成憔悴，好护青青似旧垂。

昼掩章台自著书，十离诗就寄双鱼。扁舟三泖烟霞迥，觅得莼芽伴索句。

我又曾得柳如是小像一轴,朱野云绘,实本余集旧本。绫边题诗几满,李葆恂《旧学庵笔记》曾详加著录。我看重的是严几道和费念慈的两题。随手易去,惜未录副,只费诗存其《归牧集》中耳。

余辑此册初成,时在己酉。写为后跋,略记所感。更十数年而陈寅恪先生《柳如是别传》出。先生于失明膑足之馀,撰此五十万言大书,为奇女子传,为明清易代之际留一鸟瞰全貌,于钱牧斋"反清复明"之晚节为之湔洗,书成前后数数赋诗,发皇心曲,读者无不为之感叹。然亦颇有微言,何以为一女伎撰此大书;考订如是与陈卧子之恋情,与程孟阳等之感情纠葛,连篇累牍,为不可解。朱东润撰《陈子龙及其时代》,于子龙与杨姬(即如是)的恋情,只用不到半叶篇幅草草叙过,其意可知。但无人理解如是是信奉"政治第一"的奇人,她选婿选中了钱谦益,真是爱上了这位"雪里山应想白头"的老头子么,还不是看上了他东林浪子、党社班头的政治地位。她劝牧斋清流自尽,也还是为了一个好名声。南都初立,如是陪牧斋赶往南京,一路艳装乘马,作昭君出塞状,可见得意。在金陵,明知阮大铖是坏种,偏要陪他吃酒,"移席近之",还不是为了替牧斋争得一员好官。一直到后来的视察反清义军,倾囊助饷。资助黄宗羲在牧斋家中读书,也还是看中他是朱明名臣之后。直到南明一局恢复无望,她才离开牧斋别居、下发入道了。牧斋死后家变,如是面对钱曾等的凌辱逼债,不得已一死解围,这是她最后运用政治手腕取得的"最后胜利"。至于关于她的绯闻佚事,自然有一部分是诬陷,但不可能是毫无根据的流言,在如是看来,宗法道德,又能有几分真价,毫无顾惜地用脚踏下去就是。

在一九六九年顷，我不可思议地写下了这一卷书和后跋，没有好久，就连"抽暇"，也不可能了。今天重看，觉得说得还不够完整，于是就多说了些"闲言语"。只可惜再也写不成那样的"恭楷"了。而"别下斋"格子纸也早已用尽，再也弄不到了。这些旧纸都是书友徐绍樵所赠，听说事后瞿凤起君还找绍樵大闹，说这些旧纸为什么不留给他！可见"世间更有痴于我"，这话说得真好。

二〇〇八．十一．十九

读书堂诗集

  偶于书肆架上抽得旧写本二册。黑格,板心题《读书堂诗集》,上下卷,不著作者姓氏。前有朱彝尊(康熙辛巳)、毛奇龄、章藻功、张大受四序;又吴廷桢、王誉昌题词。以书手风气及纸墨断之,写成殆在康熙中,为清写待刻稿本。归来遍检《曝书亭》、《西河》、《匠门书屋》诸集,皆不收《读书堂诗集序》,甚可怪异。偶忆故宫博物院《掌故丛编》曾刊《读书堂西征随笔》,为钱塘汪景祺撰,疑此诗集或亦汪作。乃发箧摊书,并细绎原集,排比证定,终得确知此即汪景祺集也。为之大快。其间琐琐,可资谈助。因为跋之。

  按:汪景祺,原名日祺,字无己,号星堂。浙江钱塘人,户部侍郎霂之次子。礼部主事见祺之弟(见祺字无亢,康熙己丑进士),康熙五十三年举人。雍正二年游陕西,以书干抚远大将军年羹尧。年得罪,钞没。浙江巡抚福敏、杭州将军鄂弥达搜年家,得汪所撰《西征随笔》上之。其原奏略云:"臣等公同搜查年羹尧内室并书房,橱柜内书信并无一纸。随将伊家人夹讯。据供,年羹尧于九月十二日将一应书札尽行烧毁等语。及问年羹尧,供词无异。臣等再加细搜粗重家伙,于乱纸中得钞写书二本,书面标题《读书堂西征随笔》,内有自序,系汪景祺姓名。臣等细观,其中所言,甚属悖逆,不胜惊骇。连日密访其人,至十月十六日始知汪景祺即钱塘县举人汪日祺。……"此景祺即日祺见于官书之明证也。雍正朱批云:"若非尔等细心搜查,几致逆犯漏网。其妄撰妖辞二本,暂留中摘款发审。尔等凡经目睹之人,当密之,勿得泄露。"(《雍正朱批谕旨》)是福敏等搜得《随笔》,深获雍正奖誉,然亦戒之勿得轻泄,是《随笔》所言,必有大违碍处,使雍正为之痛心疾首也。原书被封锢于懋勤殿箱中,二百年后重显于世,雍正题册首云:"悖谬狂乱,至于此极。惜见此之晚,留以待他日,弗使此种得漏网也。"切齿之声,似至今犹清晰可闻。

萧奭《永宪录》记"汪景祺伏诛"云:"景祺康熙癸巳举人,雍正二年至胡期恒任所打抽丰。因得交年羹尧。……律以大逆不道立决枭示。妻子发黑龙江披甲人为奴。期亲兄弟叔侄革职,发宁古塔披甲人为奴。编修汪德荣、汪受祺与焉。……景祺之妻,巨室女也(一云,大学士徐本妹)。遣发时,家人设危跳,欲其清波自尽,乃盘蹒匍匐而渡,见者伤之。……"如记年羹尧九十二大罪,其三为:"汪景祺《西征随笔》,见者发指。羹尧亦云曾经看过,视为泛常,不行参奏,大逆之罪三。"又秀水沈叔埏集云:"会丁未,浙人以汪党之狱,诏停会试。"(《书椒园臬使所作族兄沈泰叔传后》)丁未为雍正五年,查者查嗣庭也。是为此案始末及后果一二。其在当时,固一

166

极尽残酷之大狱。不徒身遭大辟,罪及妻孥,旁及亲党。即浙江一省亦牵连而停会试,影响可谓深巨。知此,始可恍然于朱、张诸集之削去序文,而景祺相与倡酬极密之查德尹(嗣瑮,嗣庭之弟)《查浦诗钞》中绝无一字及无己,其故亦从可知矣。

原书不题撰人姓氏,然有数证,确可知其即景祺之作。《放歌行》有句云:"岁在壬子十二月,汪生忽到人间来。"知作者自道姓汪,又生于康熙十一年壬子腊月,下推至雍正二年,正五十三。《西征随笔》前序云:"余今年五十又三矣。"序撰于雍正二年,恰合。又《随笔·诙谐之语》条云:"癸未八月,余出都门。宗人份字武曹,士铉字文升,濰字荇洲,绎字玉轮,楘字安公,酿分相钱。家无亢兄庚戌生,玉轮兄辛亥生,安公兄与余俱壬子生而月份少长于余。玉轮指余曰,无己壬子生,安公似小一岁。"此条道作者身世甚悉,亦可为显证。

此集诗之有纪年者,始于康熙三十六年丁丑除夕,迄于四十年辛巳七夕,前后所收凡六至八年中作。又无己先曾刻集八卷,见集中呈竹垞诗。章藻功序亦言:"卒读全编,合观六卷。"大受序更云:"刻所著诗七卷成。"凡此,殆皆旧刻三十岁以前诗。忆《北平图书馆善本乙目》中曾著雍正刻汪日祺《读书堂诗集》,疑即前刻之本。又集中有哭朱文盎诗(竹垞子),又存康熙庚辰湖上陪竹垞、西河两先生游宴诗甚富,按之《曝书亭集》,一一俱合。《曝书亭集》卷二十,有一题云《八日汪上舍日祺招同诸公夜泛五首》,其"日祺"二字,少后印者往往铲去,是皆印于雍正三年以后之本。又竹垞曾向汪氏假宋元史籍,赠谢诗云"临当分手寺门别,重为借书倾一瓻",

亦不见《竹垞集》中，殆亦因避忌而削去者。韩菼《有怀堂集》有《读书堂四世合稿序》，初集、前、后、正集诸序尚存，其后更有一文，全部铲去，目中尚存读书堂三字，或亦无己著作之序，今惜不可知矣。文网之密、避忌之苦如此。

此二卷诗中相与往还朋辈有尤侗、骆时亮、吴山抡、王露湑、胡元方、顾圣求、徐虹亭、钱治人、庄书田、查德尹、吴尺凫、许不弃、顾侠君等，皆一时名彦。其胡元方即守藩秦中名期恒者，《西征随笔》首列"与胡别驾遵王字"即其人也。与无己为旧友，此集中多存往还酬倡之什。胡名列年党第一，然竟未论死。江都程梦星《茗斋集》前有期恒序，撰于乾隆丁卯，时已七十七岁老人矣，别号"复翁"，殆以纪念幸脱年狱也。丁卯上距年狱之起，已二十二年，期恒流寓扬州，与程午桥、马嶰谷、半查兄弟等花月同游，把酒赋诗，不可谓非厚幸。梦星有《寿复斋》诗，略云："先生才望震宇内，亦复多忌遭迤遭。忠能格主乃见白，诏许请老归田园。放情邱壑事游燕，时借诗酒全其天。"云云，可见期恒晚节一斑，惜其何以脱难终不能详。

无己诗颇不恶，有奇气。置于清初诗人中，亦当是一作手，章藻功序称其"出语必惊，愤激穷愁"，与《随笔》自序所谓"自问生平，都无是处，忆少年豪迈不羁，谓悠悠斯世，无一可与友者，骂坐之灌将军，放狂之祢处士，一言不合，不难挺刃而斗。……世人皆欲杀，其信然矣"者，皆可为汪诗注脚。有《舟次虞山过牧斋先生故居》四绝，中有故实，因摘录三首，以见一般：

影堂深树雨萧萧，苔闭重门久寂寥。管领眼前新俎豆，不

168

堪回首望南朝。

　　廷野争传谢傅名，出山可是为苍生？疏桐叶落空阶月，疑
是尚书旧履声。

　　燕许文章屈宋才，岂无麦秀黍离哀。馀生且缓须臾死，为
录成仁事实来。

末首有小注云："先生有《成仁录》，载死事诸臣甚详。"其于牧斋亦
不无微词，此亦清初人泛常议论，无己之得罪则殊不因民族意识
也。《随笔·周锺项煜之死》条云："闯贼于三月十九日破京师，煜
于四月十八日至金陵，福王称伪号，……"是不独仇视自成，且视南
都小朝廷为伪朝，是固奉大清为正统者。《随笔》中多记吏治、考选
故事，虽多刻露之语，然初意亦不过为新朝画策耳，然竟以此遭显
戮，殆非始料所及矣。其最触目者，当为下列一诗："皇帝挥毫不值
钱，献诗杜诏赐绫笺。千家诗句从头写，云淡风轻近午天。"此等语
安得令皇帝见之而不发怒乎！

　　孙殿起尝撰《清代禁书知见目录》，所著凡千百种，皆禁网所
及，或存或毁之册。为版本目录学之绝业。此戋戋二册书，不徒得
漏清帝之网，且为孙君所不及见，岂不大可珍重耶？遂不惮缕缕记
之如此。癸卯岁暮。

白下集

　　昆明云瑞街有书肆，主人年老，自喜藏弄。导余登小楼上观所储书册，皆清代精刻通常册籍。后乃于枕函中见旧钞三本，靳不肯售。余终以重直得此以归，册最薄而实最秘也。两峰《香叶草堂诗存》余旧有原刻二册，此《白下集》却系墨板前所写，写手精雅，当在乾隆中。此行远逾万里，遍历滇川名郡，古书绝无所见。得此亦大可喜慰矣。丙申秋晚。

　　两峰《香叶草堂诗存》刻于嘉庆初元，板片后归先生孙小砚世守，付之金竹簏重印行世，竹簏撰一跋附于册尾，时在道光十四年。略云："扬州罗两峰先生，楷祖姒之从兄也。"是金、罗亦旧时姻娅，金氏跋尾属"钱唐后学金楷竹簏父拜跋于嬾云草堂"，取证此册卷首二印，一一俱合。取校《诗存》，颇多刊落。此殆当日清稿，编集时从之选录者，可补两峰遗诗，滋可重已。庚子二月初一日重跋。

　　此书后为友人假去，审定为两峰手稿。取证画迹，果不诬也。

忆曾于海昌许氏见新罗山人诗稿手迹,竹纸毛订一厚册,前半细楷颇工整,后渐率易,最后数叶则淡墨畸斜,几不可辨。最后一叶中尚衬有朱红格纸,知是绝笔。山人诗《离垢集》余有道光刻,未能取校,至今惜之。画人诗不易得,况手稿耶?癸卯九月十八日,秋窗阴晦,作记。

丙申秋日,远游蜀中,后更去滇南。所至访书,绝无旧本,不图乃于昆明市上,得此两峰手稿。此必八年寇难时中原文士携之远适南疆者,后乃流落市上,假余手得归江南。书缘墨福,使人欢喜。此集为乾隆四十六年秋冬,两峰客金陵时作,恰百九十年矣。

《白下集》,题"扬州罗聘两峰氏稿"。黑格稿本,九行,二十字。通七叶,诗二十题、三十一首。卷首有"金氏竹箊"(白文方印)、"懒云草堂藏本"(朱文方印)二印。校《香叶草堂诗存》,可补诗十一题十六首。

辛丑中秋步月莫愁湖上

天空不见点云生,况是中秋月倍明。

白发重来寄萧寺(时寓普惠寺),青山依旧绕江城。

客逢佳节多生感,僧伴清游亦有情。

只恐金波惊宿鹭,莫愁湖上晚风轻。

陈古渔以诗见赠,即次原韵答之

君无大厦有高楼,宅近秦淮水木幽。

一室但看堆蠹简,三冬谁为赠莸裘。

闭门觅句人初老,卖药知名岁有秋。

年过六旬应不出，风尘翻悔昔年游。

隔水灯明透碧纱，清歌一曲听红牙。

盘多盯饣吴娃馔，门可张罗处士家。

古寺不时劳策杖（累承枉顾寓斋），秋林何处约停车。

饱看山色分清福，莫向风前感鬓华。

吴先之以诗画见赠，即次原韵

（画题"帘前列岫青相簇，槛外乔松翠欲流"）

不是神仙不好楼，凭君画出一帘秋。

依稀岚气沾衣湿，恍惚松涛散客愁。

世事原同写烟雾，人生谁信对骷髅。

贻予尺幅堪珍重，茶熟香温看未休。

吟冷西风住石城，知君不独擅关荆。

品疑屋后山同重，诗比门前水更清。

茶具每随磁偶客，香奁还效玉溪生。

闲居曾否因人热，白露蒹葭见性情。

永宁泉上遇杨心传话旧

（诗略）

访杨心传、珍予昆弟

（诗略）

秋日同古渔先之诣鹫峰寺因至旧院废址漫成四绝

（《诗存》只一首，是原稿之第二首）

九日赴随园看芙蓉之约赋长歌一篇

笋舆轧轧不肯住，赴约名园看花去。秋竹迎人绿到门，入门未见花开处。乍欣路转绕回廊,复道潜通宛转房。奇书异物靡不有,重重窗护玻璃光。隔窗窥见芙蓉面,错认辋川鹭鸶堰。莫辜佳节爱重阳,正要娇容看三变。先生呼仆急开窗,一片秋心已早降。千枝万朵花无算,花花映水皆成双。倚窗下瞰嫌未足,共向扁舟快双目。漫言远看欠分明,锦绣横陈在山麓。拿舟直入芙蓉窝,群花笑劝金叵罗。酒不招人花隔面,白头那得颜微酡。四面是花中是水,西湖缩向柴门里。怪道年年不想归,手把花枝吟不已。吟成要我画作图,醉眼重看影欲无。漠漠秋烟飞翡翠,飒飒晚风来菰蒲。园中有花四时改,开到芙蓉又一载。南山终日对悠然,篱菊花黄休更采。

扫 叶 楼

(在《高座寺》一题后,诗略)

谢简斋太史馈米

昨报诗粮尽,愁吟对夕曛。

且临乞米帖,不作送穷文。

清况谁如我,高情独感君。

炊烟看乍起,一缕袅秋云。

寄怀吴广文小谷

建业逢君兴未违,何当惜别话依依。风前落叶催人去,画里长桥伴客归(携我画《板桥遗迹卷》以归)。水涨矶头寻赤石(曾同予邀古渔寻周处读书台),烟迷巷口识乌衣。昨宵重过停云处,犹遣山僮一叩扉。

重游普德寺同李瘦人萧湘客分韵

（诗略）

圆　桌

（四首,《诗存》收三首,删去第三诗。今略）

暖　炕

（原有四首,《诗存》删去第二首。今略）

同人饮快霁堂分韵得下字

（诗略）

　　《香叶草堂诗存》刊成于嘉庆初元,两峰犹及见之。然诗集非编年,次序凌杂。此一卷白下诗撰于乾隆四十六年,编入《诗存》第三十四叶以后,以下乃更有乾隆十九年甲戌诗。不见原稿,遂不能知两峰游金陵时日及同时游侣。此稿编集时颇有刊落,当出两峰手订,其中固有草草不足观览之什,然《游随园赏荷长歌》及《谢简斋馈米》二诗,非不经意之作,何以竟付芟除,其故可思。枚固冬心故人,尝为之卖所绘宫灯,事见简斋答书,似颇厌其屡有所请者。简斋居金陵久,声气甚盛。穷画师多借其馀荫,卖画于贵官盐贾,冬心作画之余,更兼制砚、灯、名墨,此二百六十年前扬州画人资生之术也。两峰于冬心弃世四十七年后,来游金陵,访小仓山房,枚之遇两峰,殆难逾于其师。而两峰卖画远游之清况,亦可想象得之也。今日随园已绝无遗迹可寻,然于两峰长歌中犹得依稀见乾隆四十六年随园风景,园内有池,可以泛舟,遍植芙蓉,亦金陵掌故矣。

《香叶草堂诗存》板片于两峰身后仍藏其家,道光十四年金竹篛为重印之,有跋。汪士慎《巢林集》亦有金氏重印之本,早于《诗存》者一年,亦有跋。其实《巢林集》刊成在乾隆中,系近人自书上板者,其第七卷诗有乾隆十六年作,刊成必在此后。如据卷首陈撰序以为刊于乾隆九年甲子固误,据金楷跋以为刊于道光十三年则尤误矣。旧时文士刻集艰难,每由他人助成,作序之年非尽刻书之年也。又有子孙刻其先人遗稿者,则往往在数十百年后。又有后人得原刻板片重印行世者;更有得旧板剜去衔名,冒为己刻者。情况至为复杂。因知版本考订,殊非易事。孙殿起《贩书偶记》为书林名著,著录繁富,多有异书。然常据卷尾书头一序而定刊刻时代,则往往有失。如以《巢林集》为刊于道光十三年,其一例也。又常以清初遗老集列入清末,则所见为近时刊本而不知其人生存之时代也。草草过眼,不细读原书,此误殆不可免。因阅两峰遗集,牵连及之。

栴檀阁风人稿

　　甫里叶氏遗书入市,余收得十许种,钞笈居多,半是明清易代时人稿本。此册系长洲马万士延诗稿。余旧藏康熙刻《明月诗筒》,系柜园侯氏倡和集,中有士延五律十二首,后有侯汸评云:"君诗芳华隽永,品格在季迪、孟载间。亦尝为小词曲,则梁伯龙之嫡传也。乃其平生精力所荟萃在《历代纪年统论》一书,三十万言,条贯严核,卓然可以不朽。侨寓吾邑垂三十年,人多延致,而君性孤介,所向寡谐,独语予如兄意趣堪耐久耳。又懒甚、予尝送笺百幅乞写诗,十年不报。顷始持一卷并此和章来,遍览之下,俯仰兴怀。今君耳渐聋,予眼亦暗,忍饥且欲死,耐久朋复何为耶。于刻是诗,以志吾愧。"柜园倡和诸子,如宋荔裳、余澹心、叶九来、吴山子、孙恺次诸君,皆一时名宿,此稿中亦存与柜园、竹隐诸君倡和之作,一时交旧,皆可于稿中见之,是最妙事也。今日群书装讫,因记作者故事于卷端焉。乙未四月十八日,来燕榭灯下记。

余旧藏乾隆中木活字本《甫里逸诗》，中亦有士延诗一卷。言逸稿散佚不存，捃摘仅得如许云，是此稿盖天壤仅存之册，何幸而为余所见，拔之出于败簏之中乎。近日集部贱如泥沙，人皆弃而不取，余无力多收，藏书亦无地，每见旧本入还魂纸炉，辄为心痛，亦无如之何也。丙申正月向尾，天阴晦，作记于来燕榭中。

　　《栴檀阁风人稿·子丑之际杂稿》一卷，长洲马万士延著，手稿本。分体，前颇恭整，后乃作行草。有圈识，皆亲笔。

琴楼合稿偶钞

　　此卷前有会稽商景兰撰序,颇道祁氏家事。景兰为忠敏公彪佳室,有《锦囊集》一卷。傅节子拟刊山阴祁氏家集,刊目中有此。又彪佳《忠惠公集》十卷,彪佳女德琼《未焚集》一卷,彪佳子班孙《紫芝轩遗稿》一卷,余皆未见。今年收得祁家遗藏多帙,于祁氏家乘所知不少。惟乙酉后家难种种所知无多,今于此序知景兰七十二岁犹存,二女及子妇皆能诗词,次子遭难亡身,虽未详,得知此数事亦足快意矣。因更识之。壬辰七月杪雨窗,小燕。

　　此《琴楼合稿》一卷,尚是乾隆中旧钞本,有卢青厓藏印,后经南陵徐氏收藏。徐氏所收闺秀集甚富,余曾得数十种,此册流出较早,今更由沈某售出,余与陈玉几诗三种同得,至可喜也。携书归来,煮茗漫读记此。时壬辰立夏后一日,天阴未雨而阶前都润。小燕。

　　《琴楼合稿偶钞》,钱唐胡文漪字文漪著。旧钞白本。九

178

行,二十字。康熙丙辰方象瑛序,康熙己酉黄顾若璞序,山阴商景兰序,《钱塘县志》传,毛际可撰张昊传,目录。收藏有"四明卢氏抱经楼藏书印"(白方),又徐乃昌印。

春堂行笈编庚寅

丁酉中秋前四日所收,黄裳。

书被掠后十年,始还故主,感慨记之。埴尚有《不下带编》、《巾箱说》二书,近日重印,漫读一过,杂记近事及诗话等,虽非下劣,亦无胜义。知诗篇颇富,然不传。此戋戋小册,存诗八题,殆仅存者矣。《不下带编》属山阴,原字苑孙,又署鳏鳏子。书中多注四声,与此册中有圈识者同。癸亥清明前三日漫记。明日将去吴下。黄裳。

《春堂行笈编》庚寅,会稽螫门郑孺子金埴著。稿本,八行,二十四字。封面题"近诗十六首呈政,秦淮后游词求跋"。下钤二朱印:"金埴之印"(白方)、"小郑"(朱方)。有周汝昌跋:"此册裳弟收于丁酉秋月。余说梦考芹,多赖借瓶。去岁复以数书见示,而此册在焉。展卷叹为佳绝。中数及栋亭,而余尤喜其写金陵苑家茶廊等句,令人想见秦淮风物于三百年下。又叹能收此等秘笈者,其人盖可谓不俗矣。乙巳清明后,解味道人漫记于京寓。"

薛生白所著书

　　此薛白雪先生所著诗话、诗集,余与汪柯庭集及天一阁书多种同得。后附《吾以吾鸣集钞》及《旧雨二集》,世无著录。白雪论诗多霸气,往往大快人意,盖诗人豪迈一流也。壬辰十月,小雁。

　　《一瓢斋诗话》,河津薛雪生白说。乾隆刻。十一行,二十字。白口,左右双边。板心下有"埽叶村庄"四字。前有闽中鹿山老人题序,自叙。

　　《一瓢斋诗存》六卷,河津薛雪生白撰。行款同前。

　　《吾以吾鸣集钞》,吴山薛雪生白撰。乾隆刻,十行,十九字。白口,左右双边。前有年弟袁枚序,寒崿白雪自识。此为年七十时作。收藏有"读书秋树根"(白文长印)。

　　《旧雨集》一卷,乾隆刻。行款同前,下黑口。卷首有小叙,乾隆辛未,主人薛一瓢招同友人集于埽叶庄之水南居,倡

182

和成集。与其会者，叶长扬八十五，虞景星八十二，沈德潜七十九，谢淞洲七十五，许廷铢七十五，李果七十三，汪俊六十九，俞来求六十九，袁枚三十六，薛雪七十一，薛不倚四十八，陆峄三十六，汪杲二十五，薛鲼二十五。

《旧雨二集》，乾隆刻，行款同前。此集为同人赏荷倡和诗，李楼山果新逝，多有悼诗。

薛生白所著书，余旧有数种，毛订一厚册。今更见二种于肆中，仍携之归，以传本最稀也。此序并扉叶旧藏本俱无之。此序盖李鹿山侨寓吴中时撰，已夺官，藏书散尽矣。丁酉正月廿一日记。

《一瓢斋诗话》，俱如前录。

丁酉元月廿日，收此复本。沈序为旧藏本所无，因知藏书未可轻弃重见之册也。黄裳记。

《一瓢斋诗存》六卷，俱如前录。惟多"甲寅冬日学弟沈德潜题于娄东之含清别墅"序，隶书上板，序尾有"吴郡李士芳镌"六字。又目录。

薛生白所著书，余所收不少。《诗存》、《诗话》，又《倡和集》及《唐人小律花雨集》等皆至精，与此刊刻正同，见而未收者有《词韵》一种，又《抱珠轩诗存》六卷，亦埽叶庄刻本，却未之见。此本更未经见,却于无意中于书架上抽得,可喜之至。薛亦知医,所刊医籍颇不少,亦尝见数种。其手书诗帖亦收得一纸。凡此琐琐,俱见墨潘因缘,非偶然也。生白论诗甚推玉溪而多快论。此集以斫桂名,殆取"斫去月中桂,清光应更多"意,亦可见诗论一般。收书翌晨漫记。丙申中秋前三日,黄裳小燕。

戊戌小寒前日研朱读,时大风严寒。今年室内不举火,呵冻作书,亦自有趣。黄裳记。

《斫桂山房诗存》六卷,河津薛雪生白撰。雍正刻,十一行,二十字。前有"雍正乙卯三月初旬长洲同学弟沈岩书于胥江二十四研小斋"序,亦李士芳镌。收藏有"莫棠之章"白文方印。

薛生白诗原刻诸本余都有之,只此《抱珠轩诗》,久搜未得。昨日埋头旧肆楼头,春雨如绳,室暗如夜,竟于架上抽得之,为之狂喜。藏书之事,夫岂易言。薛君更知医,所刊医籍却未收有一本,聊志其事于此。丁酉三月廿七日,黄裳记。

后半年乃付故友曹有福君为重装之。今日故本更稀,小楼上几不更能搜得此种,而装池无人,藏书之乐殆不复能续矣。

《抱珠轩诗存》六卷,河津薛雪生白撰,乾隆刻。行款并同,前有乾隆庚申徐士林序,属家乡旧友高南阜左手书之,甚狂恣,亦李士芳镌,能传笔墨之妙。有目录。

余旧有薛生白诗话，颇快其论诗之见。数日前偕燕游吴下旧肆，于案头抽得此册，如遇故人，亟买之归。当重装之为闺中诗课之需也。甲午七月廿一日。

薛生白吴下名医，亦喜言诗。所著诗话及小集都六七种，余皆陆续收得。此《花雨集》却无知者，偶检得于护龙街上旧肆，大喜逾望。时吴下故书如海，清刻几无人过问，然时有佳册，皆不可求者。此日回想，真如梦寐。辛酉岁除坐雨读此漫书。黄裳。

《唐人小律花雨集》二卷，江南布衣薛雪集。乾隆刻，八行，十九字。白口，左右双边。板心下有"埽叶庄"三字。前有叶长扬序，次赘言十二则。次自序，属"乾隆十有一年岁次丙寅上元日书于我读斋中"。次目录。

此亦埽叶庄薛生白所撰曲本也。余得之甫里许氏，重装藏之，未暇展阅。近日理书，遂取与一瓢主人所撰他种并储。计诗集诗话之属都十许种，可谓富矣。此亦中吴文献之要籍也。辛丑春分前二日，来燕榭坐雨书。

《卷石梦》一卷，埽叶庄一瓢辨谱，载酒池访槎填词。旧钞本。八行，十九字。前有刘碧饕记。收藏有"芷畦珍藏"（朱方）。

衍斋存稿

旧钞本。狭行细字。马思赞得朋旧书札底册也。其中颇存故实。此亦静安寺汪估得于盐官城中之物，皆残断不完，此小册独为全书。

东山词

　　此知不足斋钞本贺东山词二卷，又卷上一卷，以文手校未终卷。此残卷系从宋坊刻本出，原本亦残存一卷，《爱日精庐》著录。有毛华伯、席玉照藏印，见于北京图书馆，此卷缺字处原本亦然。此册为张葱玉物，易归修绠堂孙氏，余别从孙某以三十万金得之。书痴若此，殊堪笑也。壬辰七月十五日，黄裳。

沽上醉里谣

此乾隆中杭州陈江皋词稿本,写手精雅,与《蔗塘未定稿》系一人所书。余有初印桃花纸本《莲坡集》,并几而观,笔墨并同,绝妙事也。此本余初见于来青阁,系侯官林氏旧藏诗馀,都百许种,议直未谐,匆匆取去。后秀州估人复携之来,不与论价而留之,恐交臂之失,不可复得也。陈氏尚有《吾尽吾意斋乐府》二卷,乾隆中刻,未见。又查莲坡刊《沽上题襟集》八卷,中亦有江皋诗。一时浙人聚于沽上者往往在焉,因附识之。乙未九月初三日,来燕榭题记。

《沽上醉里谣·己未》一卷,古杭陈皋江皋撰。稿本。十一行,廿一字。白口,单栏。前有"东壁弟吴廷华拜手"叙,乾隆己未小除日秀水研弟万光泰序,赵昱题词,查学礼题词。前半工楷书,后稍率易,朱墨笔校改处甚多。收藏有"徐乃昌马韵芬夫妇印"(朱文扁方)、"积学斋"(朱长)、"南陵徐氏"(朱方)、"积学斋徐乃昌藏书"(朱长)。

情田词

　　此《情田词》三卷,旧钞本。有周松霭藏印,得之沈某许,甚得意也。此书道光中六世孙甲名曾墨板于粤东。此钞远在百年以前,岂不可重。挟书归来,漫记数语。壬辰五月十八日,黄裳小燕识。

　　上月在京,观周叔弢藏书。中有宋板陶集,松霭藏印累累,前有莪翁长跋,言其挥泪去书之状,殊堪怅惋。此册亦出礼陶斋,故自可珍也。壬辰九秋,黄裳记。

　　《情田词》三卷,大兴邵瑛柯亭著。旧钞,钞白,九行,二十二字。前有康熙二十年辛酉小春红藕庄龚翔麟序,康熙戊子自序,又自题诗四律,属石帆山人自识。次目录。收藏有"周春"(白方)、"松霭"(朱方)。

续词苑丛谈

此《续词苑丛谈》稿本,毛订六帙,尚未分卷。长洲严豹人原稿,未经刊刻,甚可重也。吴下估人挟来沪上,索重直,未之收也。估人告,豹人与荛夫为朋辈,黄跋旧钞《纬略》中曾说及之。昨日检得原跋,荛翁云,余友严豹人,向住县桥巷,家多藏书。曾见其收得唐诗手录《纬略》一册,心甚羡之。后迁居甫里,豹人亦故,所藏书往往散佚云云。是豹人亦吴下藏书之有名者,且较黄氏尚早逝二十馀年,行辈亦较先也。估人更告此书原藏主更有杨复吉手钞《北轩笔记》一册,有题识,系杨氏录赠豹人者。书在吴下,亦允归余。遂更忆之。今晨估人又来,询知此本尚在,遂嘱其持来,以重直收之。家藏词书,遂又多一秘本矣。时方得故书十数种于徐绍樵许,词本有康熙刻《林下词选》十四卷,为徐紫珊旧物。两美作合,书缘美甚。灯下展卷,因题记焉。乙未春分后一日,来燕榭记。

钱大昕《潜研堂诗续集》卷六,有严豹人移居城东,次西庄韵

190

二律：

　　一枝随处寄壶公，塔影双浮老屋东。休诧借车无长物，只因入户有清风。沧浪谈艺源流别，彭祖传经志趣同。衮衮书囊探未了，悬河直下泻长虹。

　　松陵唱和句争夸，小住圆桥水一涯。临顿自来高士里，蜀严本是读书家。笔床茶灶闲俱适，扫地焚香静不哗。生怕金阊太烦闹，此间风土最清嘉。

　　《续词苑丛谈》十卷，长洲严蔚豹人编辑。手稿本，钞白，十一行，二十字。小楷精妙，卷中有豹人朱墨笔校迹。未分卷，以体制、音韵、品藻、纪事、辨证、谐谑、外编分十部，各为起讫。

赚文娟　红拂传

此罗瘿公手稿《赚文娟》、《红拂传》二种，皆为程御霜撰。用猗移室黑格稿纸写，半叶八行。红拂一种前有手题"□□□撰曲第四卷"字样，似当日原稿不只此二册也。见之李散释先生许，介以归余。当重装藏之。乱弹脚本，每为梨园钞本，亦多不知撰人，此则近日名作，出之名手，自可珍重。惜砚秋久不演此，无从更窥妙相矣：程御霜葬瘿公事，人多知之，传为佳话。此原稿可为二君永留翰墨因缘，亦善本戏曲矣。丙申二月尾，黄裳漫书。

顺德罗瘿公为程御霜制曲甚夥，有名于时，此《红拂传》尤奇肆，忆侯喜瑞搬演虬髯公，俞振飞饰李郎，砚秋时尚未痴肥，一曲新歌，九城传诵，宣南旧事，最不易忘。今瘿公墓有宿草，而侯程近俱辍演，仅振飞尚不时登场奏曲耳。此际而得此书，亦可令人兴感。丙申四月廿七日，装成重展，漫识卷端。来燕榭记。

菊部群芳

同治十一年(1872)钞本。钞手甚工。红格,板心有"松竹斋"三字。卷中有旧人墨笔批注。目录分列地名,下列班名。计猪毛胡同、朱家胡同、羊毛胡同、石头胡同、百顺胡同、陕西巷、大外廊营、韩家潭、李铁拐斜街、樱桃斜街、小安南营、大安南营、宝吉巷等十三目,列班社六十三。

人名下记小传,次记剧目及角色。首列"北春馥主人郑秀兰"。兹引"绮春主人时小福"一叶为例:

> 正名庆,小字阿庆,号琴香,别号赞卿,苏州人。年二十六岁,九月初九日生。唱旦,兼昆乱,善饮奕。出"春馥"。本师清馥徐阿福。
>
> 《挑俏》(潘金莲)、《折柳》(霍小玉)、《小宴》(杨贵妃)、《教子》(王春娥)、《戏妻》(罗敷)、《回龙阁》(王宝川-代战公

主)、《彩楼配》(又)、《击掌》(又)、《探窑》(又)、《跑坡》(又)、《牧羊圈》(赵景棠)、《斩子》(穆桂英)、《宇宙峰》(赵小姐)、《三堂会审》(玉堂春)、《打金枝》(公主、正宫)、《金水桥》(银瓶公主、西宫)、《探母》(四夫人)、《祭江》(孙夫人)、《汾河湾》(柳金花)、《二进宫》(李彦妃)、《虹霓关》(丫鬟)。

据所记时小福的年龄,及《道咸以来梨园系年小录》记时小福生于道光二十六年(1846),又复查其他数人生年及现年推算,知此书写定在同治十一年。这是有绝对写成时期而又较为翔实的同治中北京戏剧史料。

书中所记尚有:

蕙兰,姓乔,号纫仙,冀州人,己未生,年十三,小字桂祺。(佩春)部,同唱昆旦,能书,春季出台。

一条。乔是梅兰芳曾向之学习昆曲的先生。所演剧目有《花鼓》(婆子)、《折柳》(霍小玉)、《琵琶行》(花秀红)、《盗绡》(红绡)、《挑帘》(潘金莲)、《说亲回话》(田氏)等。

保身主人刘赶三,号宝山,本京人。年□□岁。隶四喜部。(剧目十九折,略)
维新主人钱金福,号□□,苏州人。年□□岁。前唱□□,瑞春钱阿四之胞兄。

李铁拐斜街

景龢主人梅巧玲,正名芳,号慧仙,又号雪芬,苏州人。原籍泰州。壬寅八月二十一日生。隶四喜部,唱旦。兼昆乱,精鉴金石、隶书。出醇和,本师福盛。名生陈金爵之婿。

《刺虎》(费官娥)、《絮阁》(杨贵妃)、《小宴》、《寻梦》(杜丽娘)、《剔目》(李亚仙)、《双铃记》(赵玉)、《定情赐盒》(杨贵妃)、《万事足》(邱夫人)、《红楼梦》(史湘云)、《雪中人》(夫人)、《黄河阵》。

这些记载是很可贵的。有些事情连梅畹华恐怕都不太清楚。梅巧玲主要演出的是昆曲,可是还演过赵玉,这是不易想象的。《红楼梦》应该是他的新编戏,以史湘云为主,可谓别具手眼。这在《红楼梦》研究中也是一条新消息。看旧跋,此书于1948年顷在苏州护龙街旧肆买得,阁置书丛,久不发视,也没有拿给畹华先生看,真是非常遗憾的事。又记得陈墨香在一篇文章中曾谈到《菊部群英》,有一字之差,恐怕并非一书。此书的旧主人曾有许多批注,并在一些演员名侧加上了许多圈,想来应是他所激赏的人物。上面引的几个人,却连一个圈也没有得到。也许如钱金福、乔慧兰等还都出台不久,所以未曾引起注意吧。

澹生堂的藏书

数年前在估人许见澹生堂主人祁承爜家书数十通,系明代绵纸折子本,如梵夹,每通约十馀开,行楷极腴美。内容大抵谈家庭琐事,中有一通系谈及藏书者,曾留影二张,为谈藏书故实之绝好资料,兹摘钞并加注如下:

藏书事宜书付二郎四郎奉行:

我一生功名富贵,皆不能如人。而独于藏书一事,颇不忝七八代之簪缨。此番在中州所录书,皆京内藏书家所少,不但坊内所无者也。

而内中有极珍极重大之书,今俱收备。即海内之藏书者不可知,若以两浙论,恐定无逾于我者。以此称文献世家,似为不愧。

这里所说的二郎是祁凤佳,四郎是祁彪佳。按承爍共五子,见《澹生堂集》卷十五所撰"先祖考……蒙尔府君……行实"。澹生堂的钞本书,是极名贵的。可惜流传至今,已稀若星凤。我年来就公私藏家目录统计,一起也不过百种不到。从这信里知道,他所钞的书大抵是在明代即已难得的了。他在中州所录之书,我疑心可能是从开封藩府钞来,是借的万卷堂的底本。这批书在明末一次黄河决口时全部损失了。明代浙中藏书有名者有四明范氏天一阁,会稽钮氏世学楼,祁承爍都以为比不上自己,可见得意之至:

> 只是藏书第一在好儿孙,第二在好屋宇。必须另构一楼,迥然与住房书室不相接联,自为一境方好。但地僻且远,则照管又难。只可在密园之内外,裁度其地。汝辈可从长酌定一处来。

按,密园系祁氏的家园,《澹生堂集》里曾有《密园记》。下面一段,所谈系建筑书楼的详细规划,极有史料价值:

> 我意若起楼五间,便觉太费,而三间又不能容蓄。今欲分做两层,下层离基地二尺许,用阁栅地板,湿蒸或不能上,只三间便有六间之用矣。前面只用透地风窗,以便受日色之晒,惟后用翻轩一带,可为别室检书之处,然亦永不许在此歇宿,恐有灯烛之入也。楼上用七架,又后一退居,退居之中,即肖我一像。每月朔日,子孙瞻礼我像,即可周视藏书之封锁何如。

而此楼之制,既欲其坚固,又欲其透风,须我与匠人,自以巧心成之,但汝辈定此一处,可分付筑基也。

这一段专谈书楼设计。澹生堂早已毁了,记载中只有赵昱的《春草园小记》里提到一些,也语焉不详。现在天一阁还在,可以参看。设计虽不同,但建筑要求却大体相差不远:

发回书共八夹。内有河南全省志书二夹,不甚贵重,此外皆好书也。有一夹特于陕西三十八叔印来者。若我近所钞录之书,约一百三四十种,共两大卷箱。此是至宝,自家随身携之回也。

这里可以看出明代藏书家的眼光和今天是大不相同的。地方志在他们看来是并不怎样可贵的。

我仕途宦况,遗汝辈者虽少,而积书已直二千馀金之外。汝辈不知耳。只如十馀年来,所钞录之书,约有二千馀本,每本只约用工食纸张二三钱,亦便足五六百金矣。又况大半非坊间书,即有银亦无可买处。故汝辈不但以体父之心,所当珍重谨守,即以物力计,非竭我二十年之心力,捐二十年之馀赀,不易致也。

从这一段里可以看出明代钞书的成本,是很好的经济史料。

198

这封信写于万历末年，祁氏的藏书，大部收于此十年中，也约略可以估计澹生堂钞本书的大致数量。今天留下来的，最多也不过四五百本而已。还有一点，澹生堂的钞本书，大抵都是雇工代钞的，祁氏自己并未细加校对，因此今日所见，大抵都有很多误字，钞而不校，其实是不能算做合乎标准的善本的。唯一可贵之处，是保留了许多孤本面目。如宋元人集，大抵都还是足本而非四库辑本，是可重也。原信还有一半，是谈书橱做法的，今略去。

（一九五七年九月二十四日《新民晚报》"无所不谈集"）

山阴祁氏世守遗书

余收此书及今将两年矣。前数月曾由石麒之介,见承爍《两浙古今著述考》十余册,为澹生堂钞本,亦承爍所著,为未刊稿本,以还价未谐已还之矣。近又告余,山阴书估收得祁家遗书甚多,承爍所著者有《老子全钞》、《易测》、《守城全书》等,皆明时旧钞,蓝格,板心有"聊尔编"字样,卷端皆有公长子骏(原误书作景)佳手跋。又有《淡生堂集》八卷,重订本,前有陈继儒、梅鼎祚序,为晚年重订之本。又钞存书札有三十许册,黑格,板心有"远山堂"三字。闻之狂喜,即嘱其邮致来沪,前所见《两浙著述考》系杭估之物,其人亦有远山堂钞本尺牍十许册,盖一书而析居异地者,亦请石麒为余留意,必收之而始快也。此皆人间奇秘,何幸一时俱出,未随兵火以俱尽。节子跋言,将刊山阴祁氏家集,乃更未及见此。澹生堂书后为吕晚邨买去,大担论斤秤之,顷刻即尽。此数者殆因是先人遗著,遂未俱出,而由子孙世守,其中往往有违碍之处,怵于文字之祸而不敢出,恐亦是一因也。然待之今日,祁氏家集乃得汇粹一处,它日为之流布,以完节子未竟之愿,亦是大佳事也。壬辰闰五月初一日,黄裳记。

书前跋后一日,祁氏诸集自绍兴邮来矣。夷度手写者为《易测》一卷、《老子全钞》一卷,皆有长子骏佳手跋。《澹生堂诗文钞》八卷,原写本。又彪佳《守城全书》残卷七册(原十八卷,今佚其中二三卷),朱墨纷披,皆出忠敏手迹。四书索米十许石,终将得之,更拟并前见之承爗稿本《两浙古今著述考》并收之。祁氏家集当称美富矣。壬辰闰五月初六夜挥汗书,黄裳。

夷度稿本《两浙古今著作考》十五册,淡生堂绿格纸写本,前日亦归于余。又得寓山所藏书不少,长子骏佳手稿数事,皆可为山阴祁氏家集备料也。壬辰七月廿五日。

祁宗规奏疏

余既得山阴祁氏遗书以来,石麒每有所获,皆以归余。近绍兴书估又来海上,余乃过访石麒于其家。又得旧本十许种,而寓山旧藏凡四。此亦明人旧钞也,而不知其姓氏,殆为承爜祖或父也,当考定之。祁汝霖当是承爜父辈,查骏佳乡试齿录,承爜祖名汝森,此是一证。癸巳正月廿一日装毕,黄裳记。

此卷装成后,久欲一考流传端绪,匆匆无暇。前日又读《八千卷楼藏书志》,于史部目录类原写本《澹生堂藏书谱》条下云,旷翁父名汝霖,字秋宇,国子生。而此卷前正有祁汝霖藏印,为之快然。唯更检《澹生堂集·行实》及承爜、彪佳乡试卷及骏佳崇祯戊辰浙江恩贡齿录,俱云承爜父名汝森,字肃卿,号秋宇,疑莫能明。岂汝霖为初名耶?《澹生堂行实》中言承爜高祖梅川公,以进士为名御史,两出守郡国,称循吏,盖殁而特祠祀者一,并祠者二,志名宦者三,志乡贤者一。核之年代亦正合。然则此册即梅川公奏疏稿而汝森珍弆者也。暇当更考梅川名于列卿记中,姑先记此。余得澹生堂藏书,上下凡五世。祁氏世泽清芬毕集斋中,岂非藏书绝妙之事乎。癸巳十月初四夜灯下坐雨书,黄裳。

此为山阴祁宗规撰。宗规字司员,登成化进士。初令唐山,拜御史,历知徽、池二郡。为御史按治所及,务以法惩奸贪,其治一县两大郡,不以法而以恩。为民定礼制,息嚣讼,节冗缓征,爱之如子。卒于池,民为罢市。此徐象梅《两浙名贤录》所记也。更案承爜稿本《两浙古今著述考》,亦著宗规所撰,有《粤西奏议》二卷,《先忧集》四卷,《仕优稿》二卷,《传芳录辑》二卷。目中仅书祁而不名,是可知为其先世所撰矣。得此册后三年,乃得详考而得作者姓氏,大快。暑热挥汗,烦郁都去。灯下题记。丙申六月初五日,黄裳记。

山阴祁氏旧藏梅川御史疏稿写本,汝霖旧藏,承爜父也。黄裳记。

《弘治六年巡按广西监御史祁奏疏》三卷,明写本。十二行,三十二字。收藏有"山阴祁氏清玩"(朱方)、"镜湖渔人"(白方)、"圣尧后裔"(白长)、"祁汝霖印"(朱方)。前有目录,共疏草十九通。起弘治六年五月,讫八月。

易　测

此本得之越中书估，盖自祁家买出者。卷端有承爍长子骏佳手题，是夷度手稿也。又尝见《两浙古今著述考》十五册于杭肆，盖同出一源而分储异地者。同是手辑之本。此数书索直甚昂，仓卒竟无从措书直。然余有必得之心，虽明知此为最大贪障，一时亦无从祛之也。壬辰闰五月初六日，挥汗漫书。黄裳小燕。

得此书后祁氏遗书更源源而出，余亦竭力收之，不论丛残，不计钞刻，所得遂多。亦有失收者，如明本《柳枝》、《酹江》二集即为黠估所得，索高直，不能更出矣。壬辰立冬后一日，重检装讫诸本，更记。

适见仁和曹斯栋《稗贩》卷五，有一则云，山阴祁氏旷园，夷度使君藏书之所。使君讳承爍，都院忠敏公彪佳之父，康熙壬寅癸卯间，忠敏第六子班孙字奕喜以故国事谪戍沈阳，旋毁服为僧，终于戍所。见《二林杂志》。然按全谢山《祁六公子墓碣》，乃称慈溪布衣魏耕喜谈兵，为公子莫逆交，有告变者，并缚公子去。祁氏客纳贿宥其兄理孙，公子遣戍辽左。丁巳公子脱身遁归，祝发于吴之尧峰，寻主毗陵马鞍山寺，所称咒林明大师者是也。说与《杂志》不同。忠敏第五子理孙，嗜书尤笃。惜晚岁佞佛，视同土苴，多为沙门赚去卖钱。后其书精华归于南雷，奇零归于石门。南雷一水一火，其幸存者归于鹳浦郑氏，而石门则摧毁殆尽矣。故昔人慨祁氏藏书，有"不值当年装订钱"之语。此则述祁家故实甚悉。《稗贩》刊于乾隆中，于班孙遣戍案言之不详，盖有所讳也。祁氏诸子佞佛，盖自骏佳始已然，遭国变后以此自全，非真笃好也。南雷、晚村争购祁氏藏书，成一公案。然此祁氏自著家集，则兢兢世守，未随他书俱去。三百年来，所存尚数十百册，可谓难能。今夜不出，侍母亲大人小疾，弄笔记之。壬辰十月初四日，黄裳。

　　"不值当年装订钱"，晚村诗也。盖谓祁氏书系大秤论斤而出者。殊不知此家集诸种，三百年后亦复论斤而出也，噫！又班孙为忠敏次子，六公子云者，大排行也。又记。

　　七年前群盗披猖，藏书尽失。时时往来于心者，唯此澹生堂数种。此《易测》与《老子全钞》皆尔光为秀才时手辑之书，盗过我家时，余方阅《老子》书，杂置案头，竟得幸存。劳雁分携，睹之心痗。半月前此册珠还，亟与《老子》书并藏之，亦近时一快也。祁氏世为易学，幼而习之。尔光一生学问，盖始于此。重阅一过，遂书末简。时庚申四月，芒种后一日，晨窗记。

　　　《易测》，祁承㸁手写并点阅本。竹纸绿格，书眉空一阑，板心有"聊尔编"三字。楷写精妙,雅韵欲流。通体朱圈,不著撰人。每节首列"传几",次"通旨"、"语略"、"杂解"。封面有祁骏佳手书三行:"《易测》,系辞全,夷度府君为诸生时所手辑也。不肖男骏佳记。"《四库提要》有曾朝节撰《易测》十卷,有万历戊戌序,与此辑时代相同,殆非一书。

老子全钞

　　此《老子全钞》一册,祁承㸁为诸生时手写本也。卷首有子骏佳手题数行,此护叶后更有名印二方,山阴祁氏世守之书,三百年后复出于世,余所得尚有《易测》一卷,亦夷度手写本。楷法娟秀而别饶静穆之气,观之忘倦。又《澹生堂诗文钞》八卷,亦骏佳选定待刻稿本。此外尚有祁彪佳《守城全书》稿本,原装存七册,共十八卷,其中有缺佚数卷,草草理董,未遑修治。又尝见澹生堂绿格写本《两浙古今著述考》十许册,写手与此绝类,亦承㸁稿本也。以还价未谐,寄回杭城矣。念其书尚未别售,终当致之,共藏一处,勿使更作劳燕,亦胜事也。此数书取归以后,尚未知价,然不欲还之,辄为题记于此云。壬辰夏闰五月初三日,黄裳记,命小燕书。

　　壬辰八月初二日,秋晴佳日重展卷题。时《两浙古今著作考》稿本及《澹生堂集》原刻本亦归余斋。将重付装池,研朱记此。小燕。九月十五日重装毕记。

辛亥为康熙十年，骏佳年七十八，距生于万历二十二年甲午，早于彪佳者七年，为承爆长子。彪佳乙酉殉国，年四十五。祁氏破家在顺康之交。商景兰云："辛丑岁次儿以才受祸，破家亡身。"全祖望《祁六公子墓碣铭》云："壬寅或告变于浙之幕府，刊章四道捕魏耕，得之于山阴梅市，并祁五、祁六两公子同缚去。"又于《奉万西郭问魏白衣息贤堂集书》云：癸卯以海上降卒至，语连白衣，遁至山阴，被缚到军门。"谢山老而多忘，纪年每误。当以景兰所云辛丑为正。澹生堂书乱后迁于化鹿山寺，为祁氏丙舍所在。后乃往往散见于市肆。黄梨洲丙午与吕晚村入山，翻阅三昼夜，载十捆而出，书遂大散。班孙遣戍辽左，后脱归落发尧峰山。壬子夏理孙尚往探视唱酬，是时祁氏虽家破书散，然尚未零落以尽也。骏佳跋此书在壬子前一年，祁家书稿手泽诸种尚藏于梅市，未随群书俱去，亦不在理孙藏书楼，而由长房手掌，皆可证也。丁巳新正初三，雨水后一日，更跋。

八千卷楼藏有澹生堂钞本蝶庵道人《清梦录》，卷首有旷翁题男骏佳书云："《清梦录》所载，皆本朝士人高韵事，存之以备异日之采择"云云。是为澹生堂书之骏佳题识者，与此《易测》、《老子全钞》二书皆可为澹生堂遗书之绝品，聊复识之。癸巳九月廿九日，灯下读记。小雁研朱写。

近日长沙发马王堆古墓，中有绢书《老子》二本。约当秦汉之际所写，最为珍物。《道经》在后，《德经》在前。分章亦异。因取此本少加勘对。昔见书肆春联有句云"传书恨无秦前本"，颇笑其言大而夸，不图今日真见之也。小游吴阊七日，归来试蕉叶白小砚书此。时乙卯仲春谷雨后七日记。

《老子全钞》，祁承爜稿本。绿格纸，板心上有"聊尔编"三字。半叶十行，行二十四字。小字双行。收藏有"祁印骏佳"白文方印，"季超氏印"白文套边方印。扉叶墨书六行："老子全钞，全。此先夷度府君手自点阅之书也。计其时尚为诸生。先人手泽，子孙当世珍焉。不肖男骏佳谨识。时辛亥孟春，已七十八岁矣。"

《老子全钞》一卷，明山阴祁氏钞本。祁承爜手批阅过。竹纸，绿格。板心上有"聊尔编"三字。板匡上方空格，为"高头讲章"体式。封面有祁骏佳墨笔手跋："此先夷度府君手自点阅之书也，计其时尚为诸生。先人手泽，子孙当世珍焉。不肖男骏佳谨识。时辛亥孟春，已七十八岁矣。"扉叶有朱记两方："祁氏骏佳"（白文方印）、"季超氏印"（白文界格方印）。

此本写手极雅饬，通体朱绿两色圈点。间有校字。以"道可道章"为第一，为河上公"章句"以来旧序。题下有解，篇末有说，间有辨析旧注得失处。每章后有论，低一字书。

案此为澹生堂主人小年读本，梅里祁氏子孙世守之物。八千卷楼曾有蝶庵道人《清梦录》，澹生堂钞本，卷首有"旷翁题、男骏佳书"之跋文，可与此比观。骏佳为承爜长子，字季超，号渥水。于祁氏诸子中最为老寿。辛亥为康熙十年，年七十八，当生于万历二十二年甲午。明亡后佞佛，所撰有《禅悦内外合集》，曾见清写残稿，

皆塔铭之类。尚有随笔小册，刊入赵之谦所辑丛书中。又《易测》
一册，与此书纸墨书手全同。

当同是承煠塾中读本。壬辰春晚与此同出越中。

里居越言

　　此《里居越言》一册,石麟遗余者。原书十二册,今分储异地,所存仅八册,前见二册于杭估,为崇祯壬午、辛巳岁《救荒芜草》,以索价昂遂未之得也。此远山堂钞本,为山阴祁彪佳尺牍底册。近读其日记,所记致诸公函札,与此全合,且此中致于颖长公祖札中,言及《守城全书》中有"其中尚缺数卷。容另日再奉"之语,是当日原稿迄未毕功。检日记甲申一卷十二月初三日一条云"先是余辑《守城全书》一部,内有防边而未及防江防海,守备袁尚泽请刊刻,予乃以《防海纂要》送孝廉许孟宏补此二种"云云,此后即不复记。乙酉闰六月初六遂殉明矣。甲申三月初二日记云"观《皇明世法录》,辑《防边》一书。"今《守城全书》原稿十八卷已归余斋,无《防边》书,中佚卷十三、十四二卷,尚为毛订之册。彪佳朱墨杂下,手迹甚勤,皆戊寅至甲申六年中所作也。取证此《越言》致于颖长书,是当日亦尚未为全帙也。以其足资考证,遂少记之于此。先贤手泽,皆足珍重,正不必有完缺之见存也。壬辰闰五月廿一日小雨廉纤,夜凉似水,灯下漫志,黄裳命小燕书。

此《里居越言》及远山堂钞本尺牍,共百许册,归华东文化部者约五十许册,归中央文化部者亦三四十册,存余家者只此而已。癸巳谷雨前日更跋,小雁。

禅悦内外合集

　　山阴估人得祁氏密园藏书数十册,辗转归余。承爗手批阅本
《易测》、《老子全钞》,《澹生堂诗文钞》八卷四册,骏佳重订本;《守
城全书》十八卷,彪佳手稿;此《禅悦合集》却只存首二卷,骏佳著,
却非手稿,当钞于彪佳殉国以后,待刻未刻之书也。前有辛亥熊佳
序,是康熙十年(1671)作。楷书细字,出别一人手。约可考见写录
时日。余旧藏傅节子藏澹生堂别集三种,节子跋言拟辑刊山阴祁
氏家集,曾辑得《忠惠公集》十卷,彪佳撰;《锦囊集》一卷,商夫人景
兰撰;《未焚集》一卷,彪佳女德琼撰;《紫芝轩逸稿》一卷,彪佳子班
孙撰。以无力未刻,辑本今亦不知流落何许。又忠敏与同时朋交
手札底,钞录成册者今存尚数十册,当续访之。壬辰闰月十二日,
灯下坐雨跋。

　　余后又见《楞严旁训》稿本二册,亦出自寓山,有骏佳手跋,朱
墨杂下,用力甚勤。欲刊而无资,遂未寿之梨枣也。不欲得之,辄

附记于此。壬辰七月二十七日。

此余初见山阴祁氏书时所得，残存一二两卷。不以残本而弃之。意欲估人尽救此故书于水火也。后果得见他种甚富，亦未能每见必收。二十馀年前梅市劫馀书籍，扫数归北京图书馆，其残零则归浙江图书馆。余先后皆见草目，似曾见此《合集》之另三册，未暇记录，不知在北抑在南也。此本久掠不归，已淡忘之矣，今忽还来，甚出意外，遂记数语卷端。季超所与往还，多清初逃禅之名僧，暇当展读，并稽故事。甲子五月二十三日。

首叶数行，骏佳手书，证以澹生堂它种季超手题可知。此殆付刻前板样，然终未刻也。又记。

案，《禅悦内外合集》十卷，钞稿本。竹纸黑格，半叶九行，行二十二字。卷首一叶骏佳手书总目五行，以示刊刻体式。以下数行："山阴祁骏佳季超甫著，弟祁豸佳止祥甫、祁熊佳文载甫同订。"次目录，卷一至三序，卷四书启，卷五论，卷六传、志、铭，卷七文、引、疏、题、赞，卷八议、记、说、杂著，卷九、卷十佛法杂著。前有"辛亥夏五朔日弟熊佳敬撰并书"序，略云："余年十七八，追随季兄于曲水社，作文谈道，所交皆一时名士。二十四五随季兄读书于化鹿山，同究性命之旨。此时季兄直入宗乘之奥，而余则步趋程、朱，读书暇辄焚香冥坐蒲团，时或上下古今，不敢苟为异同，然余受季兄诲益，学识亦渐进矣。又随季兄同游于石梁、念台两先生之门，讲文成之学。又数年，季兄且登峰绝顶，撒手悬崖，与济洞诸大老，盘桓无虚日，余方沈宦澥，望季兄如华岱烟云，缥缈天际。又数年，值沧桑之变,季兄脱俗住静,余亦披发入山,沉光晦迹,彼此略同。……历计读书学道,追随季兄,至今日四十馀年矣。"此序说骏佳早日即侫佛,固不自甲申始。此集所与往还,几皆方外,如本师愚庵、木陈忞、麦浪怀、石雨方、元洁莹、百愚斯、继起储,皆一时名僧。他如王予安、朱锡鬯、王双白,亦名下士。又有为祁止祥题画、寓山记、紫芝轩读书记、家乘外纪等文,皆有关祁家故实,惜其不可见也。季超著书尚有《遯翁随笔》二卷,赵扢叔为刊之于《仰视千七百二十九鹤斋丛书》中,殆得原稿于里中者。

两浙古今著作考

壬辰秋日海上所收，黄裳珍藏善本，小燕题。

此山阴祁氏澹生堂钞本《两浙古今著作考》十五册，祁承爜著，未刊稿本也。《千顷堂书目》卷十有祁承爜《诸史艺文钞》三十卷，又《两浙著作考》四十六卷一条，诸家著录，仅见有此。《澹生堂全集》，崇祯刊二十一卷本，自涉园陶氏流出，后归北京图书馆。藏园曾记其卷十二戊午历中有辑《两浙著作考》，半载而成之语。是此书辑于万历四十六年也。其书湮沉三百馀年，世无知者。而今一旦更出，岂非快事。余初闻石麒见告，有澹生堂钞本一部，出于杭市，书为残帙，而索直奇昂。即嘱其索寄一观，后果以此书头尾二册及远山堂钞本《里居越言》来，索重直，还价不允，遂寄还之。然其书往来胸中，实未尝一日忘也。后二月石麒又告有澹生堂遗书若干册出于绍兴，中有承爜、彪佳手稿，半为残笈，而价亦不廉。余意复动，念此当为一家眷属，而析居异地者，遂告以必欲收之。先

216

后得夷度手稿《老子全钞》、《易测》二种，皆有长子骏佳手跋，云是府君为诸生时手辑手评之本，先人手泽，子孙当世珍焉。其书蓝格，板心有"聊尔编"三字。楷法精整，朱墨杂陈，犹是毛订，又《澹生堂诗文钞》八卷，为待刻稿本，前有骏佳跋谓"先君文集原编二十八卷，十六本，流通颇难，诵读不易。爰请海内名公，拣择精华，合而钞之，正得八卷，以付剞劂"云云。卷中校定之处不少，多出诸子之手。后祁氏遭难破家，遂未刻也。又《守城全书》十八卷，彪佳手稿本，毛订原装八巨册，忠敏手迹，此为巨观。此书辑于崇祯戊寅甲申之际，南北舟车，不废丹铅。积数年之精力，方欲有所用之，而北都国变，宏光拥立。迨忠敏自金陵归里，犹数数以剞劂为念，于远山堂钞本《里居越言》致友人函札中，屡屡见之，至乙酉闰六月初六日，遂自沉殉明矣。遗稿不能刻亦不敢刻，深藏密锁，三百年后一旦复出，重见人间，真异书也。此外骏佳手稿《禅悦内外合集》十卷，仅存卷一二两卷；远山堂钞本《里居越言》，存癸未甲申一年御寇一卷；《崇祯戊辰浙江恩科选贡齿录》一册，为骏佳登第同年录；刘宗周稿本《古学经》八卷，残存一至五卷；《孔子家语考次》四卷，天启刊顾若昔《桃花里集》四卷。是皆梅里祁氏遗书也，余皆见而收之，而一时殊无从筹如许巨金，会将北行，乃取所著译编校诸书板税一并付之而犹未足也。留京月馀，前日南旋。翌日即走访石麒于其家，遂又得此本以归，价只少减，不容更削。余亦不更计直，竟辇之归矣。此书外尚有藏书楼黑格明钞《诗经》二册，亦祁氏旷园写本；《礼记集说》十卷，闵刻本，彪佳长子奕庆寓山藏书，原装未损，旧写书根尚存，亦并收之。此外彪佳奏疏《宜焚全稿》十八卷、《莆阳谳牍》十三册，远山堂钞本《里居越言》八册，皆当日原钞底册，却无力更收之矣。承爍此书所录两浙著述至富，而尤详于绍兴一府，体例至严，大抵明以前人著述略备，而尤加意于朱明一代人撰述，中多秘册，有未见于诸家簿录者，往往存其原叙，天壤遗书，借此聊存梗概，俾不湮沉，其为功文苑，岂浅鲜哉。澹生堂藏书与四明范氏天一阁、会稽钮氏世学楼，同为浙江著名藏书之家，遗籍散亡最早，流传甚稀，得其一鳞半爪，往往球璧视之，况此为主人手订之书耶。夷度匪独富收藏，且能读书，更能深识书中之趣，非古董家数比也。余何幸而能有其遗著三四种，安能不珍重护惜之耶。前年余得澹生堂别集原刊三种于海上，为曹倦圃、王端履、傅节子藏书，亦为人间孤本。它日苟有重刊澹生堂遗集者，则余所储为最美备矣。归沪二日来，濡暑不堪而复奇忙，挥汗跋此，几耗三日之功。适与小燕同出观剧，以北京所购白石画册、小剑珠饰等赠之，归来更续写毕此跋，已漏下矣。壬辰白露后二日，黄裳。

《澹生堂全集》卷十七、十八两卷尺牍中，有数札言及辑此书始末，谨摘录之。

与黄寓庸书　卷十八

浙中缉著作考，虽古人之遗书，十不存其一二，而使后人尚识其著作之名目，犹有存羊之意也。合十一郡中大约有八十馀卷。此书于世道无所关系，而于吾乡亦有小生色。书成当求兄为第一序之。

与张泰符　卷十八

越郡自汉晋以来，颇多作者。东晋六朝之后，尤甲宇内。然某客岁家居，偶辑《两浙著作考》，而前辈所著，百无一存。无论其书，即其书之名目，有不能举者矣。而志之外，有文献一书，则所以表章前哲而收罗弘文者也。今天下之名郡，如新安，如莆阳，如淮安，如清源，皆有《文献志》，而敝郡缺焉至今者，岂时之有待于祖台乎。倘蒙燕闲之馀，稍赐留神，檄下八邑，令凡有前人之遗集者，或经或史，或小说或璩谈之类，皆令其抱箧而献之学官博士，类而上之明台间，取其特佳者时梓一二，以示风励。其馀以俟衷选，更檄八邑，各举茂才异等之士，学识淹博者，以资编辑，而一应去取，皆取裁于祖台。此亦敝郡不朽一盛事也。某窃有望焉。

与陶公望　卷十八

弟今老矣，功名固不敢望人，利欲向非所溺，惟好衷辑古人之遗书，表章前哲之遗范，而追悔六十年之间，何曾有经年历岁，专功于此之日。故如《绍兴文献志》、《两浙先辈盛德录》、《越中隐佚考》之类，皆有志而未能者也。如《世苑》，如《友鉴》，如《前贤大事案》之类，皆已辑而未就者也。惟自通籍二十馀年来，回环郡邑之间，曾辑有古令守令之事，足为后人取法，名曰《牧津》五十卷，分为三十类。于弥变安民、化导肃法之事，颇为详尽。此书或于世有小补乎。至于两浙著作之考，为卷亦六十有四。于吾乡前辈之著述，无不备载其名目，第尚恐有遗于耳目闻见之外。此二书者虽已成卷,然更当请裁于兄者也。

凡此皆可征夷度著述之大凡及其规画用力之勤,而遗著之辑而已成及辑而未就湮沉无闻者,亦可于此数札中略知梗概焉。癸巳正月二十四日晴窗录竟跋。

此稿始辑于万历四十六年戊午。《澹生堂全集》卷十三戊午历中记之殊详,爰为排比如次。

正月二日,是日辑《两浙著作考》始。首辑杭州府。

二十五日,杭州府著作考完。

二十六日,是日辑绍兴著作考起。

二月十二日,辑绍兴著作考完。

十五日,是日辑严州著作起。

三月朔日,辑严州著作考完。

十五日,辑宁波府著作考起。

四月初八日,辑宁波府著作考完。

十八日,辑金华著作考起。

闰四月十一日,辑金华府著作考完。

十六日,辑湖州府著作考起。

五月朔日,辑湖州著作考完。

初八日,辑嘉兴府著作起。

初九日,再检阅绍兴著作考。

初十日,再检阅宁波著作考。

十六日,辑嘉兴府著作考完。

十七日,辑台州府著作考起。

六月初六日,辑台州府著作考完。

初八日,辑温州府著作考起。

十一日,再检所辑绍兴诸府著作考,为补十七条。此
书已尽半年之力,而尚有遗漏如此。乃知著述一
事,慎不可草草。

十六日,辑温州府著作考完。

二十日,再检杭州府著作考,为补九条。得新城与钱
唐二志检入也。

二十一日,辑处州府著作考起。

二十五日,再检金华府著作考,补十一条。盖最后始
得义乌新志采入者也。

七月初十日,辑处州府著作考完。处州于近来作者颇寥,
而南宋以来,名臣宿儒,多出其地,盛衰循环,岂气
运所使耶。

十一日,辑衢州府著作考起。

二十日,再检嘉兴府著作考,因为补六条。

二十一日,辑衢州著作考完。衢志修于嘉靖初年,文
献不备,检阅无资,深以为歉。

二十三日,辑两浙道家著作考起。

二十六日,再检宁波府著作考,有姓氏未确者六人,

为之改正。

三十日,辑两浙道家著作考完。

八月初二日,辑两浙名僧著作考起。

初四日,作敬询两浙名贤著作檄,传之同志。

十三日,辑两浙名僧著作考完。

综上所记,此书始辑于戊午新春,迄于八月半。此本尚有名医著作考□卷,或后来所辑也。所失一册,当是名僧著作考。癸巳初夏漫录。黄裳。

此书尚是未定稿本,卷数亦尚未写定。全书十八册,今存十五册,因书脊旧写册数知之。卷帙颇繁,抽半日闲为写定一目,便检阅也。壬辰七月廿八日秋晴,小燕记。

《杭州府著作考》五卷。卷一晋至唐,卷二宋,卷三元,卷四国朝,卷五寓贤。

《嘉兴府著作考》三卷。卷一汉至元,卷二国朝,卷三寓贤。

《湖州府著作考》三卷。卷一六朝至元,卷二寓贤,附《湖州府诸志考》,卷三国朝。

《绍兴府著作考》□卷。卷一春秋至唐,卷二宋元,卷三寓贤,卷□国朝,《绍兴郡县诸志考》。

《宁波府著作考》□卷。未分卷。

《金华府著作考》□卷。今存六朝至元,国朝以下佚。

《衢州府著作考》五卷。卷一齐唐五代,卷二宋,卷三元,卷四国朝,卷五寓贤。

《严州府著作考》一卷。

《温州府著作考》□卷。后附《诸志考》。

《台州府著作考》□卷。

《处州府著作考》□卷。

以下佚去第十六、十七二册。

《道家著作考》二卷。卷一汉至唐，卷二五代至元。

《浙中名医著作考》□卷。

全书通一千二百十二番。

此稿始辑于万历四十六年戊午。《澹生堂全集》卷十三戊午历中记之甚详。起正月二日，"是日辑两浙著作始，首辑杭州府"。以后逐月有记，终于八月十三日，"辑《两浙名僧著作考》完"。《名医著作考》，未见日记，或后来补作。所失十六、十七两卷，当是《名僧著作考》也。癸巳初夏漫录，黄裳。

《两浙古今著作考》，祁承爜著，稿本。澹生堂蓝格写本。十行，二十字，白口，单边。板心下有"澹生堂钞本"五字。前有万历戊午秋日山阴祁承爜敬询两浙名贤著作檄，次辑浙中著作考概。每卷前有目。此书尚是未定稿本，卷数亦尚未定。全书十八册，今存十五册，因书脊旧写册数知之。著作考计杭州府五卷；嘉兴府三卷；湖州府三卷；绍兴府四卷，附绍兴郡县诸志考；宁波府未分卷；金华府未分卷，存六朝至元，国朝以下佚；衢州府五卷；严州府一卷；温州府未分卷；台州府未分卷，处州府未分卷；道家二卷；浙中名医未分卷。全书共存一千二百十二番。

祁承㸁会试朱卷

　　此山阴祁尔光会试原卷二册,余与其付彪佳手札凡三十九通同得于郭石麒许,甚得意也。《千顷堂目》承㸁列万历三十二年甲辰科,是当为此卷写录之年。以较余前得彪佳乡试原卷,格式隆重多矣。此一代贤父子试卷,三百年来为祁氏子孙所世守者,一旦同归余斋,大是幸事。天寒岁暮,例当有祭书之典,余今日所获祁氏密园诸本,当是最秘之册矣。壬辰十一月十九日,黄裳敬书。

　　明山阴祁尔光承㸁会试朱卷。封面蓝笔书考评官左庶子全、同考试官主事徐、同考试官检讨张、同考试官检讨蒋等批语。又墨笔大书"取"、"中"、"□□十名祁承㸁"三行。原卷朱笔写录。十四行,二十五字。大黑口,单边。头场四书七题,有"誊录所官清苑县知县王之寀"、"河间府誊录书手娄允明"、"对读官新安县知县侯述职"、"昌平州生员陈九纶对"四

224

行,俱朱笔。有"誊录官关防"、"对读官关防"朱文长方楷书大印。第二场南号,第三场南号,有"易一房"(蓝印)。每卷有"弥封官关防"朱文大骑缝印。有蓝笔圈评。

祁承爜家书

　　右山阴祁尔光家书三十二通，壬辰冬日得之郭石麒许，梅市祁氏世守三百馀年之物也。凡五十许通，订一厚册，未订者亦十数札。纸用棉料，白折。行草甚朴茂。余取有关澹生堂藏书一札及诗草等四事装为一卷，已如牛腰。后更以十许札分赠北京、金陵图书馆。余札置箧中二十年未发视。近发兴录一清本，十日而毕，其中颇有磨灭及不能尽识之字，概从空阙。写毕，漫阅一过。并排比后先，知此为天启元年至四年数年中所作。

　　尔光初任河南宿州知州，后升兵部职方司员外，继转磁州兵道。天启壬戌彪佳南宫获隽、前后入京会试、殿试、选官、赴任诸事，所述最详，尔光于诸子中最爱六郎，作札往往数千言，宛转尽情，读之如闻家人父子絮语灯前，而晚明官场、科试、驿递、豪奴、兴造诸端，罔不涉及。其官书所不记，野史所未详者，多能于此中得其实状。又往往记东人之入侵，曹、郓之白莲教，邹、滕民变，三王之国，宿州矿工起义，此尤晚明国政巨事，所关匪细，仅见记录者。其示诸子以经营田产、兴造屋宇、垦荒机房诸事，更为详悉。地主乡宦资生之道，俱可于此中知之，又晚明经济良史料也。即嘱诸子购备衣物一札，所列土宜名色，亦颇有关系。苏州织物、凤阳角带、陆文远之黄头笔、杭州之太史纸，皆人所不记者。当日不过日用之物，无以之人著述者，日月既迈，后不更知，是可重之又一事也。书中所及当时人物，商等轩（周祚）为彪佳妇翁，景兰之父，后降清为贰臣者；此外，孙堂翁当是孙承宗；熊掌科、王葱岳、李懋明、张堂翁（兵部）、孙恺阳、沈铭翁、周爱日、邹南老、李继老、陈襄老、周春老、何昆老、朱养翁、刘芳瀛，鼎甲之文与陈，疏救杨左得罪以去之南□公，皆可于旧史中得其姓氏。而家藏群籍扫数俱去，遂不能详。尔光诸子：麟佳（廪监）为大郎，凤佳（恩贡）为二郎，何家阿姊第三，骏佳（崇祯戊辰恩贡）为四郎，豸佳（丁卯经魁）为五郎，彪佳为六郎，熊佳（庠生）、象佳，诸札中未及。三十八叔即祁承勋（选贡，后任陕西布政司都事）。以上皆见于崇祯戊辰浙江恩贡齿录中。承爜特重功令文，更关心星命，笃信流年。兴造之事无论矣，即归家日期，亦必斤斤于一日之后先，可笑甚矣。苦欲诸子得男，处置孕婢，事皆庸妄，可不具论。唯一行作吏，留心民瘼，于三王之国及宿州民变诸札，可窥崖略。然心忧社稷而特避边才，笃志升迁而经营书帕，亦晚明士夫之常态也。

《宋西事案》二卷，题海滨询士漫辑，天启元年辛酉自序刻本。所记自明道至庆历十五、六年间宋人制御西夏诸事。取史籍辑录，各附案语，多直指东事。入清，入全毁目中，传本至罕。祁氏亦有世守之本，唯未见。尔光自云："《西事案》一书，都门或因书而求见其人，或托人以求其书，可见世间浪传事，不必有十分好也。"是书虽记宋事，意实在东辽。当日固风行之册也。又《宋贤杂》（下失字，当是佩字）等六种，当是《苻离弭变纪事》、《两游苏门山记》、《瑯玡过眼录》、《澹生堂藏书约》数种，大题俱作《澹生堂外集》，余有原刻，为携李曹氏旧藏。其《藏书约》一种则傅节子手写，原刻郑西谛曾收得之。是皆旷翁生前所刊，不知细目果如何也。

诸札中，以"藏书事宜书付二郎、四郎奉行"一札最可珍重。澹生堂钞本书于书林有重名，传世稀若星凤。赵谷林毕生求之，所得不过数种。今日公私所藏，通计之亦不过二三十种耳。读澹翁手札，知于中州所录书共一百三四十种，皆坊间所无，而京内藏书家所少者，意当多出朱氏万卷堂。其书于明末黄河决口尽付东流，承燁传写更流散殆尽，是书林一巨劫也。承燁论两浙藏书无逾我者，非不知有天一阁范氏，特于范氏所收书不甚措意而轻之。其言曰："发回书共八夹，内有河南全省志书二夹，不甚贵重。"其意可知。此藏书时代风气使然，不足异也。澹翁言："十馀年所钞录之书，约以二千馀本。"此后虽有增益，必不甚多。以此计澹生堂写本书，当约略近之。每本工食纸张不过银二三钱，可见当日物力之廉。澹翁慨然言曰："只是藏书第一在好儿孙。"似预知四郎后日佞佛，藏书多为沙门赚去之事者。吕晚村《得澹生堂藏书示大火》二诗，亦似为此语作注脚也。尔光命诸子购土物单，有"杭州大样放阔上好太史纸一篓（要钞书用）"一条，是为澹生堂钞本书用纸之最好注脚，其白棉料蓝格纸究不多见。至藏书楼之兴建、书橱之制做，皆尔光自为擘画，在在以巧思出之。此楼后更无人记之。赵东潜母为祁氏外孙，于数十年后回忆梅市旧居，亦只东书堂为详，不及此楼也。家书第一通"示彪佳"，时代最早，不知何年所作。彪佳时尚在家读书，云"寄回《南华经》一册，乃我秀才时所圈点、批选者"。余别收《易测》、《老子全钞》二种，俱聊尔编录，格纸精写，极雅饬，朱、蓝二色笔圈批，前有骏佳手跋曰："此夷度府君为诸生时手自点阅之书。"《南华》当亦此类，惜不可见也。

忆辛卯壬辰之间，山阴祁氏遗书渐出，余所得颇富而精，自承爍祖司员公《粤西奏议》，至祁晋原脎所藏，数世藏书皆有之。诸书以承爍《两浙古今著述考》稿本、彪佳《守城全书》、《曲品》稿本、祁理孙、班孙手批《水月斋指月录》、《五朝注略》、刻本彪佳《按吴政略》为最精，承爍、彪佳乡试原卷及此家书数十通为最秘。吴县潘氏辑印《明清藏书家尺牍》，煌煌六巨册，网罗靡遗，独无澹翁一札，只以钞本一叶入之，实非真迹。可知其流传之绝罕矣。买书三十年，劫馀珍物，只有此耳。迻写既竟，漫记卷尾，考证笺疏，当俟异日。癸丑中元前一日书。

癸丑夏日，手录澹生堂家书凡三十二通竟，劫馀残馥尽在是矣。共历一月。立秋日跋，黄裳。

远山堂曲品剧品

　　余既得山阴祁氏遗书,乃取忠敏日记读之,于遗稿撰作时日、搜辑情状,一一摘录,每与遗书复按,若合符节,为之大快。忠敏日记中每记观剧琐屑,又能自谱曲,于此事似深好之者。崇祯乙亥归南快录十一月初四日记云:"予坐书室,竟日不出户,整向日所蓄词曲,汇而成帙。然顾误之癖,于此已解,终不喜观之矣。"是所藏曲本亦至富也。忠敏殉国,祁氏更遭家变,遗书遂不可问。然公子奕庆曾有《奕庆藏书楼目》,向见有明时旧写本,其中著录名剧汇七十二本(凡二百七十种,有详目),杂剧十四本(无目),钞本杂剧十二本(无目),未钉杂剧二帙(无目),是当为忠敏崇祯中手订之旧也。顾其书流落存亡,俱不可知。今秋余在京,得石麒来书,告收得忠敏《远山堂文稿》,候余归沪观之,心念其必为遗著钞存之本也,归而索观,果然。《文稿》外乃更有破书一册,前数叶已撕去不存,仔细审视,始知即公遗书《曲品》也。其叙例却在《文稿》中。计存艳

230

品二十种,能品二百十二种,具品百二十六种,杂调四十六种。前佚约七番,从叙例求之,所录当是雅品、妙品也。少观所记诸曲名目,大半为绝秘之册,非但未见其书,即其名亦从未之知也。余近究心《白蛇传》,以所藏乾隆三年刻《看山阁乐府·雷峰塔传奇》为最旧,定谱曲最早当属此本,今读忠敏此书,乃知明时已有此曲矣。为之惊异。他如梁山伯祝英台事,亦早谱入传奇。苟非此品复出,夫谁能更知之耶。是忠敏藏曲虽不可见,其大略却于此中存之,是亡而未亡也。此本前佚之叶,所录俱是名作,世所习知,是虽不可见,亦无伤耳。装潢甫竟,辄为著其源流于此。壬辰十月初九日,黄裳记。

先是余得起元社黑格旧钞本《远山堂文稺》及无题钞本(亦起元社黑格)等三册于石麒许,渠即见告尚有《曲品》二册未出,归而审视其无题一册书,实即《曲品》也。疑莫能明。岂原稿真迹尚在人间耶。屡促其为余致之,昨日书始至,黄昏时过石麒家,挟之而归。灯下细阅,知果为原迹。卷中墨笔蓝笔删改圈点及此叶后"赏音道人"四字皆忠敏亲笔,证之他书,确无可疑。起元社旧钞即据此录出者。尚有一册则未前见,亦是忠敏所撰,却无手迹耳。欣喜逾望,辄记卷端。尚有祁承爜示子札底一册,约明日往取,亦附识之。壬辰十月三十日,黄裳。

余既得此原稿本,乃以起元社黑格旧钞归之北京图书馆。西谛见之,来书告欣喜逾恒。更记。癸巳谷雨。

甲午冬日,付活字印行。乙未春正月十四日工毕。雨窗校一过。其不见于姚梅伯《今乐考证》、王国维《曲录》、吕天成《曲品》、高奕《新传奇品》者凡二百四十二种。

　　远山堂明人曲剧二品，余先后收得钞本、稿本于山阴祁氏。既付工排印行世，遂以原本移赠北京图书馆。寄京前撤去余手写诸跋及残目数叶。赵斐云后语余，见此书时意必有长跋纪事，不知何以一字未书，以此见询，余亦笑而颔之而已。此零叶仍在箧中，春节无事，检书又见之，乃为排比，订为一册藏之。癸卯正月初三日，黄裳记。

　　《远山堂曲品剧品》，祁彪佳稿本。远山堂绿格写。半叶十行，行二十字。《曲品》有彪佳校改。

232

远山堂明剧品残叶

三十年前余得山阴祁氏《远山堂明曲品剧品》稿本于书友郭石麒许。原书颇残损，即付装池。剧品卷首碎裂，仅馀边角。装书人未以订入。计当有序三叶，目十三叶。扉叶大字题"赏音道人"四字，亦彪佳自署。原书已赠北京图书馆，此残叶杂置书丛，久不发现。其中亦尚有足资考订之处，因补记之。

《剧品》目于作者名下，记字号，籍贯。如王衡，辰玉、常熟。康海，对山、武功。徐翙，野客、钱唐。来熔，元成、萧山。祁麟佳，太室、山阴。邹式金，仲愔、无锡。顾思义，雁峰、上海。汪廷讷，昌朝、休宁。胡汝嘉，懋礼、江宁。诸葛味水，□□、馀□。钱珠，梦玄、钱唐。黄中正，履之、浦城。凌星卿，□□、新都。张大谌，鉴坤、山阴。高□□，□□、临安。(《五老庆庚星》作者）程氏廉，水泉、休宁。胡文焕，全庵、钱塘。陈清长，□□、会稽。谢天惠，仰亭、山阴。皆残馀部分之可辨识者。其后列著录杂剧种数，以南北

233

折数分计,统计共二百四十二种。

又原书夹签条二,细字书:

    具品未漏

      双喜

此等境界,此等语意,才一经眼,便如嚼蜡,若复把玩,不禁
肌粟。

合璧　钞本漏,今从稿本查入,须补写。以李杜为双璧,传天
宝韵事,不一而足。其为词也,如宋人玉叶,几夺天巧。惜联
合未见精神。

今存《曲品》、《剧品》,皆远山堂绿格写本,即清稿本。《曲品》
更经彪佳手自点定,颇多改易。此《双喜》、《合璧》二种皆清录时所
遗也。《合璧》另有王恒所撰一本,非谱李杜事者。李杜优劣,聚讼
千年,迄无定论。真可谓可怜无补费精神也。不如此失名作者,能
得并赏同珍之义。

澹生堂全集

　　余既获《澹生堂诗文钞》之原写本于山阴,仍以未得见此原刻为憾,徒于傅沅叔藏园题记中见其梗概而已。傅氏所记原书出陶兰泉家,后归北平图书馆。解放前为劫去美洲,合浦珠还,未知何日,殊令叹怅。今晨偶过治事处,石麒来访,告又有山阴祁氏寓山藏书多帙来沪,中有此本,为之狂喜,遂趋车同至其家,挟取以归。中佚去卷十三至十六凡四卷,甚可惜也。其《读书志》一卷,今可取君长子骏佳手定《诗文钞》足之。《杂著》二卷亦见《诗文钞》,虽不免有所刊落,所失当亦不多,是可慰也。三月来余买书不少,而尤以祁氏书为最富而精,如行山阴道上,应接不暇。书缘之美,岂胜言哉。壬辰八月初一,秋分前四日,雨窗题记。小燕为黄裳书。

　　取此集与祁骏佳手订钞本《澹生堂诗文钞》对读,凡此本诗文题下有墨圈者,皆已选入《文钞》矣。因知此集亦祁氏藏书,为诸子珍守之册也。钞本往往有改易字句处,亦赖此原本存其旧式。此书卷十七、十八两卷中，"奴"、"虏"字样往往用浓墨涂去，清初禁网之严，于斯可见。至《两游苏门山记》、《琅玡过眼录》、《符离弭变纪事》三种，余别藏天启中原刊《澹生堂别集》本，王端履、傅节子手跋俱未知全书共有几卷，以为罕秘。是此崇祯本《澹生堂集》在越郡藏书名家亦皆为未见之册。付工重装前更记。壬辰八月初二日，晨窗日影甚丽，黄裳。

昨日又得钞本一部，即从此原刻出者，写校甚精，爰损原装配全，快意之至。此本墨笔涂乙，亦赖钞本补完。癸巳立夏后一日，小燕。

此一卷中"奴"、"虏"字样屡见，往往用墨点去，其犹可辨者以朱笔注于旁。其用浓墨涂乙之处，则终于不可辨识矣。祁氏遭难破家后，畏祸避仇，兢兢若此。三百年后见此，犹为凛凛，可叹息也。小燕。（在卷十八尾。）

近于旧肆书目中见有此书，标价千金，贵等宋椠。祁尔光集为人所重，由来久矣。其书出直隶书局，殆即归陶氏涉园转入北平图书馆之物也。原书已为劫去域外，海内所藏，只余此本。岂不重可珍重耶。乙未腊尾更记。

去年残腊，余去武林，偶游旧肆，与估人闲话，偶及澹生堂书故实。其书初散时，杭州诸肆方联营，即以高直收承爆稿本《两浙古今著述考》及彪佳《里居越言》等。未几何时而营业大坏。此数书石麒曾见之，还价亦不能收矣。其后续有所得，仍不能售。终削价以归石麒，转归余斋。此后石麒更来杭，捆载烬馀以去。此《澹生堂集》亦其一也。诸书余未见者，有万历以后乡试录十册。余见而未收者有《万历大政汇编》、《东事始末》等。癸巳新正初八日，快雪时晴，展卷书此。黄裳。

《澹生堂全集》原缺四卷，余于平湖人家得钞本一叠，亦不全。惟此四卷却在，得配为全书，意甚欣幸。后此书为群盗掠去，迨还来时乃又失去二册，其卷五、六为诗，十二为记，遂又成不完之本，真堪叹息。乙丑十月二十日，晴窗浴日，理董旧藏，因记。黄裳。

　　《澹生堂全集》二十一卷。卷首大题诗集下双行题"山阴祁承爜尔光著，钱塘张遂辰卿子较"。文集别题"门人郑重光光烈较"。崇祯刻。九行，二十字。白口，左右双边。前有华亭陈继儒大字序，吴趋两代治民通家子范允临大字序。次万历丙午宣城梅鼎祚、丁未华亭张鼐、万历戊申楚黄张涛、吴市人冯时可、梁溪邹迪光、四明范汝梓澹生堂初集序。门人长洲姚希孟，己未六月武陵杨嗣昌旷亭草序。天启丙寅祥符张元佐苏门杂笔序，□□□苏门游副说。天启七年唐焕河朔驱驰录序。次总目。每卷前俱有目。

澹生堂外集

　　此《澹生堂外集》存三种。傅以礼别从《知不足斋丛书》中手钞《藏书约》一种,笔墨精妙,至可爱玩。《澹生堂全集》二十一卷,崇祯刊本。其卷十四为读书记,《藏书训约》、《训略》及《庚申整书小记》在焉。然则非外集中物矣。郑西谛有明刊《藏书读书训约》、《整书小记》共一册,前有郭子章、周汝登、沈淮、李维桢、杨鹤、马之骏、钱允治诸序,似又为万历中单刊之册,疑莫能明,他日当求书一观,以决此疑,并校节子所钞也。此册旧藏静惕堂,后入萧山王氏十万卷楼,有端履手题,更经华延年室收藏钞补,古香袭人,真书林奇物也。王绶珊珍重收储,身后为朱某阴没入己,深藏密锁,人不可见。修涏堂孙氏乃独能取其书出,以入余库。此外尚有吴尺凫跋明钞琴史,曹玑小集十种,吴时行两洲集,皆其中白眉也。得书后欢喜无限,爱记此书源委入藏始末卷端。庚寅初冬十月初六日,天乍寒,灯下记。

余后又收得崇祯刊《澹生堂全集》，此三种俱收入，此盖早日单刊本也。雁。

　　余得澹生堂主人家书原迹数十通。其天启壬戌七月初四初十示彪佳二札，皆曾道宿州煤徒之事。时承爍方卸宿州知州返山阴，彪佳则南宫捷后留京师考馆，亦欲南归也。初四日札云："倘果在目下要行，必须由河南路为稳妥。但目下谣传，宿州亦岌岌酿乱，则由河南者必由宿州，恐又不便矣。前二月间宿州有煤徒三四千，几至倡乱。若此时我不以镇定处之，计策散之，万一率兵去擒剿，则其挺而走险，岂在邹滕之后哉。数千人团聚不散之流民，只以二三白牌，密地晓谕，阴为解散，不动寸兵尺刃，所全流民及地方之生命亦多。此自入睢阳一段恰心之事。但恐人情未必尽知其中委曲，而近恐此辈又复啸聚，或都中有人说起我在宿州时煤徒之事，汝可将颠末一说明。特录事定之后，将人犯申详正法，以示惩创后来之意。其招审定案，付汝一看，则自知其详悉矣。"初十一札亦以此事为平生一惬意事，因取记事刊木，以代书牍。其付刊殆即在壬戌家居之日。案宿州北今有符离集，又有宋町，殆即宋疃。其地有石炭，始采于万历四十三年。煤工为饥民，而有山之户为窑主。煤工初只数十人，后渐增至三千人。而窑数亦至七十馀。承爍记其开采之法，有用力捶击者，有辘轳引煤上者，有荷担出之水次者。每窑非四十馀人不可举事。又记窑主与煤工之间，种种纠纷，殆皆阶级斗争之实状。而诸官张皇情状，与上中下三策之实质，无一非佳史料也。世之言明代资本主义萌芽者，多注意于三吴之织工，或新安之商贩，无论规模远不及此，即其争竞之烈与形势之鲜明亦不

239

及远甚。承爜乃能记之于天崇之交,使此三百五十年前之矿工起义史留一翔实之纪录,其识解亦甚超特矣。此文后亦收于《澹生堂全集》中,未及一校。或有删易。史贵初文,是此原刊尤可重也。癸丑九月十四日记(按此跋在符离纪事后)。

无锡孙氏小绿天遗书中有影写八千卷楼藏《澹生堂藏书训约》一册,系从万历单刊本出者。惜钞手甚劣,时有误字,不及对校。他日当至金陵,登盍山精舍,取原本一校雠之。

适又收得崇祯时祁骏佳写本《澹生堂诗文钞》八卷,其卷五为读书志,节子所钞,大抵在焉。无论序次大异,字句亦多岐出。殆亦不必过校,存此节子手书净本可耳。壬辰闰五月黄裳更记。(按此二跋在卷尾)

    《澹生堂外集—瑯琊过眼录》。山阴密士祁承爜著。万历刻。九行,十八字。白口,单边。前有己未菊月既望,司马祁承爜序。收藏有"埽庵"(朱方)、"檇李曹溶"(朱方)、"萧山王端履年四十岁后所见书"(白方)、"节子辛酉以后所得书"(朱长)、"九峰旧庐藏书记"(朱方)。

尔光天启壬戌五月初八日示彪儿书中云:"汝齿录上只开我甲辰进士,见任兵部职方司员外。可于我甲辰齿录并履历上,可于转吉安府知府下,即接京察降补宿州知州,陞兵部职方司员外,竟削去沂州一段可也。"是尔光于降补之初,始授沂州知州,未几谢去,再起宿州知州也。前序撰于万历四十七年己未,颇有牢愁之语。

240

考其所记沂州,当即今之临沂而非沂水。迁谪之馀,不废铅椠。辙迹所经,多记山川风物,所据不仅旧记,而多采田夫里老之言。于孔宅一节,更详于历代赐书,不脱藏书家本色,亦犹所撰《两浙著述考》之意也。虽篇幅不多,亦可与徐宏祖《游记》竞爽,读之惟恐其尽,漫书卷尾,黄裳记,时癸丑九秋。

《澹生堂外集—符离弭变纪事》。天启刻。九行,十八字。白口,四周双边。收藏印记同前。

《澹生堂外集—两游苏门山记》。山阴密士祁承㸁著。天启刊,行款同前。收藏有"傅氏藏本"(朱长)。卷尾有王端履墨书跋:"《澹生堂外集》,吾不知共有几种,所见者只此一册而已。此吾乡前辈遗书,子孙其宝诸。时道光乙巳夏六月望日。王端履敬识于重论文斋,年已七十矣。"下钤"王端履"(白文方印)。

《澹生堂外集—藏书约》。山阴密士祁承㸁著。傅以礼手钞本。九行,十八字。白口,四周双边。卷尾有节子墨笔跋:"己卯端阳后一日,据《知不足斋丛书》本手录,浃旬甫毕。"下钤"节子题识"朱文长印。又朱笔跋一行:"庚长中秋前二日,覆校一过。计改正二十馀字。"下钤"书簏"白文套边长印,"以礼题跋"白文方印。收藏有"傅氏钞本"(朱方)、"绶珊收藏善本"(朱长)、"琅园秘笈"(朱方)。

全书前有傅以礼手跋:"《澹生堂外集》,明祁承㸁撰。承㸁字尔光,一字密士,号夷度。山阴人。万历甲辰进士,仕至江西右参政,忠惠公彪佳父也。其澹生堂储藏之富,甲于江浙。著有《文集》十二卷,《世苑》六百四卷,《牧津》四十四卷,《国朝征信录》二百十二卷,又《澹生堂书目》暨《古贤杂佩》如干卷,惜均未见传本。此《外集》二册为萧山王氏十万卷楼旧藏,乱后散出。丙辰得之越城常卖家,计杂著三种:曰《瑯琊过眼录》,曰《符离弭变纪事》,曰《两游苏门山记》。前无序目,似非完帙。《知不足斋丛书》载有《澹生堂藏书约》,疑亦外集之一种,因手钞附后。时方增辑忠惠公集,他日当合订为祁氏家书,惟羁宦海峤,力不能任剞劂,不审何日始偿此愿耳。"下钤"节子题识"朱文小长印。

澹生堂诗文钞

　　此《澹生堂诗文钞》八卷，盖骏佳重订之本，以备刊刻者。《澹生堂全集》此书卷首云二十八卷，北平图书馆目有二十一卷本，刻于崇祯中。疑莫能明。此本出山阴祁氏。书初出时，余以石麒之介，得见承煠《两浙著作考》稿本十五册于杭估，又彪佳书札底稿远山堂钞本《里居越言》等十五册，即同出一源而析居异地者。此书及承煠手稿《易测》、《老子全钞》则来自绍兴。后二书皆有子骏佳手识。又彪佳《守城全书》残稿七册，朱墨杂下，皆公手订。彪佳子奕庆所谓畏祸避仇不敢刻、遭难破家不能刻者。湮沉几三百载，泊今复出，余得一一见而藏之，岂非厚幸。澹生堂藏书久为世重，况此主人手泽未刊之本，珍异更不待言。祁氏三世贤父子之手迹，余皆有之，足与前得张宗子手稿《史阙》、《琅嬛文集》同为书藏二俊矣。壬辰闰五月初二日，黄裳记，小燕书。

　　得此书后三月，又于石麒许得崇祯原刊《澹生堂全集》十二册。

原书共三十一卷、十六册,今佚去卷十三至十六,凡四卷四册。其卷十四为读书志,却赖此钞本获存。故纸因缘,非偶然也。其书亦出山阴祁氏,并识。壬辰八月初一日,黄裳记,小燕书。

更检刻本,每篇下有墨圈者皆已钞入此册。是全集即此钞所据之底本也。全集刊于崇祯中,有陈继儒、范允临二序,此册唯录眉公一序。钞写亦在甲申以前,世培日记中每有与诸兄手校先人遗集纪事,殆即此。十月初三日,小雁。

守城全书

此祁忠敏公彪佳《守城全书》遗稿也,出于会稽。余因石麒之介与承爆稿本二事同得。案《忠敏日记》崇祯戊寅十二月初六日始有初拟议辑《守城书之》语,以后即屡屡及之。今为排比书之于下。

崇祯己卯五月廿八日,阅《武备志》,采辑守城之具。

六月初七日,归舟中整御寇全书。

八月初九日,铨次守城书。

廿四日,点定城书守案。

十月廿一日,点定守城古案。

廿二日,点定城守案完。

庚辰正月廿六日,阅城守书,令陈绳之誊钞。

十二月初五日,较城守书竣。《纪效新书》及《登坛必究》二种。

初六日，较正城守书，完约束一章，系第一卷。

十一日，较正《守城全书》，完守之用，约束申令二章。

三十日，午后辑城守书，完第四卷。

辛巳正月初五日，较正守城书。

十一日，铨次城守书，完火器一卷。

四月廿八日，阅《皇明经世编》，摘有关荒政及城守者。

七月初四日，录出《经济编》有关于救荒守城者，所阅颇多。

廿七日，又较订城守之馀若乡兵保甲等。

壬午八月初一日，至寓山，仝陈振孟，为予录《守城全书》。

九月初九日，坐烂柯山房，点定守城之案。

闰十一月初三日，予少暇即辑城守书，令人录之（时北上入都，途次清江浦）。

癸未八月廿六日，予自登舟，乃取《守城全书》再较之（出京，途次安陵镇）。

九月廿六日，连日阅《守围全书》火器及纠缪诸篇，入守城书内（时南归舟过宝应界首，陆安闸）。

十一月十六日，予再补辑守城全书。

廿七日，阅周台公《金汤借箸》，辑入守城书。

甲申正月廿二日，暇则点定乡兵一书。

三月初二日，观《皇明世法录》，辑《防边》一书。

十二月初四日，先是余辑《守城全书》一部，内有防边而未及防江防海，守备袁尚绎请刊刻，予乃以《防海纂要》送孝廉许孟宏补此二种。

《日记》中有关《城守书》者，至此而止。乙酉闰六月初六日五鼓，即殉节矣。此书之辑，前后凡历五年。南北舟车，不废铅椠，其用力可谓劬矣。今全书毛订八册，存十八卷。间有佚去首叶之处。中无《防边》之书，而十三、十四两卷亦不存。查先生尺牍原稿《里居越言》，崇祯癸未至甲申一卷中，与于颖长公祖书中，亦言及《守城书》，有"此书尚缺数卷，容另日再奉"之语。又一书中言"昨以《城书》恭呈台览，兹再以六卷起至十卷止共二本续呈"之语，是此书于乙酉之际，尚未编定，仍缺数卷也。《越言》原本一册亦归余斋，今以有关三书附后（以下附《里居越言》远山堂钞本"与于颖长公祖"御寇御贼手札三通）。国变以后，先生殉节，而夫人商氏景兰抚遗孤长成。长子奕庆谓，遗集初则以畏祸避仇不敢刻，继则以遭难破家不能刻，引为切骨恨、莫大罪，毕生未了心。此尚谓遗集也。似此《城守》一书，篇中"奴"、"虏"字样屡见，所言又是防御之事，正遭新朝之大忌。深藏密锁，更何敢出耶？又尝见四明卢氏抱经楼藏旧钞本钱唐女史张槎云遗诗，前有会稽商景兰序。有云："余七十二岁鳌妇也，濒死者数矣。乙酉岁大中丞公殉节，余不从死，以儿女子皆幼也。辛丑岁次儿以才受祸，破家亡身，余不即死者，恐以不孝名贻儿子也。"此殆即奕庆所谓遭难破家事。先生次子何名，何因而遇祸，今不可知。然从可知此《守城书》遗稿，艰难世守之状。其历劫仅存，

247

正非易易。明季士夫,徒尚空谈,误国亡家,皆系之此。似彪佳此书之切于实际者,盖不数见。惜其书出时,已不可为。东人已深入中原,仓促不可救药矣。寓山藏书甚富,有关火器守备之籍尤多。凡此皆清初禁毁之册,世不经见,赖此书而存其面目,是可重之又一事也。原本颇有蠹侵,而草草未尝编目,翻阅不便,爰付故友姑苏曹有福君为重装之。抽暇取远山堂旧纸写为此跋,更治一目装于首简。时壬辰八月初一日,秋雨终朝,灯下记此。黄裳。

守城全书总目 壬辰秋日订

凡例,凡三叶,今失去首叶。

卷一、守之用　约束

　　一、任官;二、派兵;三、拨夫;四、申令;五、侦探;

六、瞭望;七、诘奸。

卷二、守之用　预备

　　一、安民;二、远害;三、设具;四、备物。

卷三、守之用　临敌

　　一、定谋;二、展械;三、防攻。

卷四、守之具　周防

　　一、城类;二、台类;三、门类;四、桥类;五、濠类;

六、穽类。

卷五、守之具　御械

　　一、障类;二、拒类;三、击类;四、陷类;五、转类;

六、测类。

卷六、守之具　兵器

　　一、翁万达火器疏;二、牌类;三、枪类;四、钩类;
五、杂类。

卷七、守之具　火器

　　一、铳类;二、炮类;三、箭类;四、毬类;五、枪类;
六、火类,七、杂类。

卷八、守之案　前失数番,始于虞翻守赤亭条。

　　三国;六朝;李唐;五代;南北宋。

卷九、守之案

　　皇明;补遗。

卷十、守之训

　　一、今法;钦定保民四事;修城堡;储粮草;练兵壮。

卷十一、守之训

　　二、古法。

卷十二、守之训

　　三、章奏

　　　　徐阶、李之藻、姚希孟、卢象升、薛濂、吴
守英、马兆羲、陈演、沈迅、刘日梭、沈荣、吕黄
钟、杨嗣昌、孙传庭、张位、徐光启(三疏)、杨
博、王道宜。

卷十三、佚。

卷十四、佚。

卷十五、守之馀　一、乡兵案。

249

壬辰九月十四日，余自北京南归，过吴下，访曹有福君于王枢密巷，此书已装毕，因携之归，翌晨记。

日前绍兴估人来沪，又携来忠敏《曲品》稿本二册归余。闻《忠敏日记》及《救荒全书》原稿犹存，当徐徐买之。并记，壬辰冬至后一日书。时方小疴不出，晴窗展卷记。

余前为此跋时，尚未详考祁氏家变故实，后又得祁奕庆手批本《水月斋指月录》，始进而钩稽之。商夫人景兰所谓辛丑岁次儿以才受祸者，即谓祁班孙奕喜也。奕喜倾家谋复故国，遣戍沈阳。家人以赂免理孙奕庆。丁巳班孙脱身遁归，祝发吴之尧峰，寻主毗陵马鞍山寺，称咒林明大师，亦称昼林和尚。与兄奕庆仍时往还。家仇国难，无日不在心中。于奕庆批笔中时时可见。祁五、祁六两公子，皆不愧忠敏佳儿也。爰更识于此守城遗稿卷后，以存祁氏故实。壬辰十月廿五日，晴窗漫书。

《救荒全书》及《日记》、《万历大政汇编》、《东事始末》四书皆归北京图书馆，余所藏只此耳。癸巳春深。

《守城全书》十八卷，祁彪佳撰。稿本。写用素纸、红格纸，远山堂钞本黑格蓝格纸。彪佳手自订定，间着批注，用墨笔或朱笔。有别一人注书写格式，为清钞本底本。

祁彪佳乡试朱卷

　　壬辰九月十五日得此祁忠敏乡试原卷于海上，可重宝也。黄裳记。

　　此祁忠敏公乡试原卷，匪仅以名贤遗迹见珍，明代科举旧式，亦约略于此中见之。余与山阴祁氏遗书多种并得于郭石麒许。闻尚有祁承㸁示子家书一厚册，皆原迹，亦促其为余致之。此皆它日刊山阴祁氏家集有用之物也。壬辰十月初二日漫记。黄裳。

　　得此卷后二月又得承㸁会试原卷二册于山阴祁氏后人，爰与此并储之。十一月十九日记。

　　承㸁付诸儿书凡三十九通亦同时收得，皆手迹也。

　　此忠敏万历四十六年乡试中式原卷。王思任撰先生年谱，是年先生十七岁，当以此卷首所书为是。又有天启二年壬戌礼部中式卷，今不知尚存否，曾见著录。癸巳春二月初三日，小雁更跋。

明山阴祁忠敏公彪佳应万历四十六年顺天乡试头场朱卷,原写本。封面题"第一场"(墨印)、"弥封所关防号"(蓝印)、"第六十八名祁彪佳"(蓝笔书)、"仪制清吏司主事张阅讫"(墨印)、"德清县学生员戴子和对读无差"(蓝笔)、"仁和县字字号号长陈一纶下散书周宪录"(朱笔);彪佳墨笔细字书四行:"祁彪佳年十陆岁,身中、面白、无须,系浙江绍兴府山阴县匠籍。由附学生中万历肆拾陆年本省乡试第陆十八名,习易经。曾祖清,祖汝森,父承爜。"又有"□□州誊录"(朱印)、"东阳县对读"(蓝印)、"知县严兆璜□勘讫,无弊"(蓝印)。又朱文大官印二枚,文不可辨。原卷棉纸方册,十二行,二十五字。白口,双边。题作"敏而好学不耻下问"、"一人定国"、"壮而欲行之"等凡七题。有蓝笔圈批,出考官手。下更有策问数通。

祁忠敏公手订疏稿

　　壬辰九月十五日得此祁忠敏公奏议稿本于海上,当与《远山堂文稚》同装之。黄裳记。

　　裳按《忠敏日记》,崇祯辛未七月廿九日入都;九月二十三日,午后拟盐法一疏;次两日又拟臣道和衷等二疏。十月廿四日,手辑所拟考选疏,计二十篇,即此册也。得书后三日记。黄裳。

　　祁忠敏公彪佳手订疏稿。明写本,素纸及远山堂蓝格纸钞。九行,二十二字。白口,单边。板心下有"远山堂钞本"五字。彪佳手订,并自笔于书眉标小题。计用人、和衷、辽策、东奴、西插、奴插、财赋、兵政、滇事、弭盗、流寇、逃兵、修省、漕运、兑粮、屯政、马政、钱法、盐法等十九疏,另未标目画一台规等三疏。

还朝疏稿

　　余明日北行。今去石麒家,邀其来寓,以待装诸书付之。询近日可有何书,即告绍兴估人又持此册及《东事始末》八册来,皆彪佳原稿也。此册为崇祯壬午癸未二年祁氏在京所作疏稿,每稿前所书"还朝第一疏"字样,皆公手迹。又卷尾一揭书"此揭未发"四字亦是也。是当日手订之册无疑。又有朱墨笔书颇多,云"酌刻",云"刻"。又标举篇目,当出别一人手。疏中"奴"、"虏"等字俱朱笔改为"戎骑",是当在易代后、文字狱未兴之前所改,亦不知终曾墨板否。《东事始末》为素纸写本,起泰昌元年八月,迄天启七年八月,备录诸臣论东事疏稿。犹是毛订。每卷前亦不著编者姓氏,中间有彪佳手写之叶,亦秘册也。山阴祁氏遗书,以余所见所得最富而精,所耗亦巨。石麒每有所得,必以归余。盖此日能赏此种钞笈者亦更无第二人也。灯下展卷漫书。壬辰八月初四日,小燕为黄裳书。

　　得此《还朝疏稿》后一月又半,更于石麒许获祁氏疏草一册,每叶亦有彪佳手迹。当与《远山堂文稚》同装并储。忠敏原稿当略备矣。九月十六日更记。

又疏草一册，作于崇祯四年初入都时。查日记涉北程言知之。此册后尚附揭帖稿一叠，见而未收也。十七日记。

祁氏寓山藏书，余所收甚多，然未见刻本。今日于合众图书馆见崇祯刊本《寓山志》二册，颇以为快。其书写刻，半叶八行，行十七字。白口单阑。前有崇祯己卯古吴门人章芙序。次目录。凡图记、游记、后游记（嗣出）、赋、涉、评、后评、梦、铭、问、解、述、题咏、注上下，游吟词、十六景词曲（嗣出）等，凡二十品。次图二番，一正视，一侧视，题王允恭镌图。末有"崇祯戊寅春月写并跋于密园之壑舟，长耀山樵陈国光"一叶，系叶玉虎旧藏物。中《寓山注》曾有《远山堂》一文，云："园之后，庄之前，两堂相望，中隔一树。在园者将以四负名矣。在庄者方以倚傍林峦为快。顾曰远山何居，夫人情恒忻其所不足，厌其所有馀。予园奔峰浪礐，在几案间，日取石气云乳作朝夕饱餐，则以为司空见惯也。独是北面旷览，见渺渺数山，浮宕于秋净天空之外，想当日文君眉际，不过若此。如得韵士、如得高僧，急起迎之，犹似在乍无乍有中，可望而不可即也。此堂之所以有取乎此也。"此注亦幼文撰，余见彪佳著书所用纸，皆镌"远山堂钞本"五字，因为录之于此。此《寓山志》传世至罕，祁氏旧藏不知尚有此书否，颇望朝夕见之也。癸巳二月十九日，晤英台后醉归写此。黄裳。

《还朝疏稿》壬午、癸未，祁彪佳撰，钞稿本，绿格纸，半叶

十行,二十四字。板心下有"远山堂钞本"五字。彪佳于第一叶书眉手书"还朝第一疏"五字,即陈道路艰难疏也。以下为:

二、"掌河南道事福建道监察御史降俸一级臣祁彪佳题为宣督既已更置、宣兵亟宜慰谕事"疏。三、请留宪臣疏,为刘宗周、金光辰事也,崇祯十五年十二月十一日具。四、请申饬天语以振人心疏。五、合辞回话留宪臣引罪疏。六、驳正抚臣疏。七、纠参援兵未集饷臣退避疏。八、请简用郧抚疏。九、陈咨访要务疏。十、请行海运复岛疏。十一、陈言官流品不清疏。十二、陈楚中贼势并扼守要务疏。十三、陈召对未尽事宜疏。十四、请明职守并参铨司疏。此首劾吴昌时疏。十五、参铨司把持第二疏。十六、参铨司紊制弄权第三疏。十七、纠拾遗察方面官员,以肃计典疏。十八、同前题。十九、恭慰圣怀疏。二十、引罪疏。二十一、请用贤起废疏。二十二、请重守南都疏。二十三、陈害民大弊疏。二十四、痛陈害民第一弊政疏。二十五、痛陈害民第二弊政疏。二十六、痛陈害民弊政第三疏。二十七、指参弊政再陈愚悃疏。二十八、遵旨指参害民第一弊政疏。二十九、指参害民第二弊政疏。三十、指参害民第三弊政疏。又请求言乐谏疏。此疏后彪佳亲笔书"此疏未发"四字。又简举、认罪、乞恩、垂宥疏等四疏,皆未上者。每疏前俱批"刻"、"酌刻"字样。全书俱用远山堂钞本黑格蓝格纸写。

远山堂文稚

三月前余于石麒许获起元社黑格旧钞本《远山堂文稚》及《曲品》二册，皆有残佚。后乃得《曲品》原稿，为远山堂蓝格写本，有忠敏蓝笔墨笔校改，增补处甚多。近日石麒更去越中，今日过其家，乃得祁承㸁示彪佳手札三十九通又此《文稚》一册，前有四印，殆为清录稿本也。名贤遗著，余乃得其原本及旧钞二本，可谓快事。此今年收书最得意事也。壬辰十一月十八日，黄裳。

取此册与起元社黑格旧钞对读，知此册所失文凡二十九篇，因念此盖初订之本，而起元社本所录较后亦较备也。故书不妨多储复本，自有佳处，于兹而益信，况此皆出自梅市祁家者耶。翌日更记。

祁承㸁《澹生堂集》卷十三戊午历正月元日记云，过蔗境与尔器及儿子剖柑，因知其为祁氏故园之一迹也。癸巳春深。

《澹生堂集》卷六有七律，题云："蔗境前对玉兰，挺然三丈许，万蕊芬芳,而根下海棠数丛,嫣然有致,西向两老桧,傲睨其旁。即景会心,与尔器各赋一题。"亦可并读。

此余所得山阴祁氏家集之一,亦最悦目赏心之册,钞手出两人手,典丽无俦。后更有起元社黑格钞本,即自此出。封面有印记四方,皆彪佳自用印。湮沉三百年,世无知者。道光山阴杜春生刻《祁忠惠公遗集》,文才数篇,皆撷拾于残零简尺中者,不知此集尚在人间也。书为盗掠几八年,今始归来。重阅题记。时庚申七夕前三日。黄裳。

《远山堂文稿》,祁彪佳撰。钞稿本。八行,二十字。白口单边。板心上有"蔗境"二字。封面题书名。钤四印,皆彪佳自用印。一、"山阴道上"(白方),二、"读易居士"(白方),馀二印文不可辨。

起元社本远山堂文稚

忠敏遗集,明时未有刻本。余所藏只远山堂所刊《疏草》及《抚吴政略》七册耳。遗稿所收却多,此《远山堂文稚》有原写本,竹纸黑格,板心上有"蔗境"二字,当写于崇祯中,首有"山阴道上"等四印。此本有"起元社"字样,较晚,当在甲申前后,却为前收之本所未备。两本合之而遗文乃略备矣。祁尔光《澹生堂集》戊午历正月元日条有过蔗境与尔器及儿子剖柑之语,因知为祁家故园一迹也。癸巳三月廿九日,浓春记此。小雁。

此起元社黑格写本,当是清初祁氏诸子重写定之本。《曲品》亦有稿本及起元社钞两种,是当日奕庆等理董先集以谋墨板者。惜其深藏密锁三百年而终未如愿。余既以《曲品》付之书坊,他日当以此《文稚》两册同付活字,当较杜春生所辑美富多矣。乙丑十月廿日,黄裳。

《远山堂文稚》,祁彪佳撰。黑格旧钞本。九行,二十字。板匡左下阑外有"起元社"三字。

唐宋八大家文钞

　　此祁奕喜手评阅本唐宋文，得之已三年矣。余辑校忠敏《远山堂曲品》成，亦已二载，尝于故书中得有关祁氏故实，都为一卷，附之书后，凡二万馀言。近读刘继庄《广阳杂记》，乃又见所记奕喜故事一则，颇与他书异，因更录之。

　　　祁班孙字奕喜，山阴之梅市人。父彪佳，崇祯时巡按南京。弘光时又为巡抚，俱有清节。国变，衣冠正笏坐荷花池沉死。班孙不应试，肆力为诗古文，好结客。康熙元年以与魏耕交，流宁古塔。至则略其督帅，弛约束。四年，脱身归。匿梅市一年，颇为人知。守令以下物色之，乃下发为尧峰僧某弟子，号曰咒林明。主常州马鞍山寺，喜谈议古今，而恶讲佛法。缙绅先生多疑之而莫有知其姓名者，言明末事辄掩面痛哭。十二年十一月十一日忽沐浴曳杖绕室大呼曰："我欲西归，有缘者随我。"如是者终日。观者如堵,骇不敢近。入暮,跏趺垂眉久之,忽张目曰:"动一念矣。"遂卒云。

丁酉九月初四日,凉秋阴晦,心境亦复如是,弄笔记。

此《水月斋指月录》三十二卷,山阴祁氏遗书也。十七年前郭石麒介以归余,知为祁理孙手批阅本,前有蓝笔跋语,则理孙子昌征书也,甚珍重之。后更收班孙手阅唐宋文二十许册于山阴梅市,验其笔迹,始知此书先后为祁五、祁六兄弟手阅,其字迹清秀者,班孙笔也,为之狂喜。唐宋文为班孙塾中读本,底本是茅鹿门评刻者。每册前有"道僧"、"五云头陀"朱记,评语甚多,拆下重订,不以原选为次第。卷中每有题记,感怀时事,痛斥虏廷,更记夷度藏书、忠敏救灾诸事,自属所居曰剩国,是皆乙酉以后、遭戍以前所记也。遗民心曲,历历如见。深藏密锁于梅市者,凡三百年,不为清吏所见,亦大幸事,不然族矣。

《唐宋八大家文钞》□□卷,拆出重订本,明刻。九行,二十字。白口,单边。大题次行题"归安鹿门茅坤批评,孙男闇叔重订"。板心上题"韩文"字样,中题卷数,下记叶数。祁班孙朱墨手批阅本。收藏有"道僧"(白方)、"五云头陀"(白方)。手跋云"夏孟昼阅于平原楼,仲初因乱至梅市",下钤"班孙印"(白文小方印)。

"竹光楼转月来初,弃印虞卿漫著书。潦倒原因胡市异,复堪白马遍闲居。无空子记四月晦日事。"下钤"班孙"(朱文扁方印)、"奕喜印"(白文套边扁方印),两印联珠。以上两跋在韩文卷十册。

"选曾文共念二首。十一月望日奕喜阅,剩国。"下钤"班孙印"(白方)。在曾文卷十。

"磊磊千万言,无一缓笔,无一闲意。后段照应处更细甚。极尽开阖之法。其深细曲叟,有非诸家所及者。信是千古大文字,足当上选。以宋而合之国朝,真有流涕而不忍读者矣。破尽迂论。即所言者行之,自是古今妙法。"在王文《上仁宗皇帝言事书》文末。

"二月廿七日阅于剩国。是月读书颇有所得。"(在柳文卷六)"辛巳大荒,先忠敏殚精悉力,所全活者几十万人。其设施之方,小异而大同,然无官守之责也。其于古人为优矣。仲冬八日。"下钤"班孙印"(白方),在曾文卷八。"七月十六日剩国子阅",下钤"班孙印"(白方),在欧文卷二十一。

"宋时文尚近古,今之时文,直废却一篇浑厚正大议论方为合作。为功名者无可奈何。今日正可作一种有用文章。乃有一辈口谈忠义而以为废却时文无可言文理者,可羞可耻可恶之极。顺时二字,乐子受教多矣,吾辈亦受教多矣。"在欧文卷十一。

"中秋后一日,喜道人于剩国阅。"钤"班孙印"(白方),在王文卷五。

"十一日夜奕喜手评于剩国。"钤"班孙印"(白方)。在曾文卷四。

"予家自夷度公至于先忠敏,虽不能如欧阳公、王廷尉,然亦不为之下。阅聚而必散之语,使人惕然。祖父所遗,而失之于子若孙,可不惧哉。至于兵火所加,亦将尽心于是。力竭而不足,则天之命乎。"在欧文《集古录目序》后。

　　"得昌黎佳者共八十五篇,最妙者二十六篇又一首。十月廿二日剩国。"下钤"班孙印"(白方)在韩文卷十六末。"二十二日阅。是日为祖叔祖婶八旬双寿。生一甲一科而兄弟侄子皆或科或甲,真古盛事也。"钤"班孙印"(白方)。在欧文卷二十七末。

餐玉堂诗稿

　　稿本。山阴祁偕毅撰。此稿本小册,亦与山阴祁氏遗书同出
之物。前有作者名印,卷中有《读思濂曾叔祖》、《哭忠敏公诗和韵》
二首。偕毅当彪佳四五世孙,雍乾中人。

阆 柈

明人朱丝阑写本。山阴祁氏藏书。道家言也。同时所见尚有《真诠》一本,未收。

张岱《琅嬛文集》跋

　　书友郭石麒向曾以虞山沈氏旧藏书介以归余，颇有佳本。大抵皆爱日精庐张氏、旧山楼赵氏故物。近又以数种来，却少佳册。前又遇之市中，怀中出原单见示。知别有钞本《塔影园集》、《琅嬛文集》，已为范某取去，即嘱其取归。前日过市，见此《琅嬛文集》，系八千卷楼故物，宗子手稿，不禁狂喜。今春，余于传薪获宗子《史阙》手稿六帙，尚为待刻之本，剪贴毛订，所用纸与此册全同，写手亦出一人。是同为手迹，可无疑义。《史阙》六帙，出于会稽山中，深藏密锁，几三百年。此册则不知何时，流入武林，入泉唐丁氏。八千卷楼书散，又未随楼书俱入盋山，流至常熟，有"翁同龢观"印。今又散入市肆，并归余斋。书缘之美，何可言耶？《北平图书馆目》中有《张子文粃》若干卷，亦称稿本。不知与此书异同何若。他日凤城观书，当一决此疑也。余旧好宗子文，然所获无佳本。今春偶得《史阙》稿本，又得康熙凤嬉堂原刊本《西湖梦寻》，王见大刊巾箱本《梦忆》，今更得此，是所藏可谓富矣。辛卯六月半记。

　　右凡五卷。自古乐府至五言律，通得诗三百又五章，宗子手稿本也。尚有散叶，夹于卷中。用黑格纸，与所藏《史阙》手稿六帙，用纸全同，手迹如一，手稿确无可疑。原订一册，止于五言律，疑非全书。归八千卷楼时，即已如是。丁氏亦未甚重之。书面题"集"字，又"别集"、"国朝"字样，皆楼中藏书旧式，末钤"八千卷楼"楷书小朱印，亦不入《善本书志》，惟丁氏全目中有之，杂厕于清初人别集中，只著"钞本"字样，盖不知其为手稿也。卷端亦只"曾藏八千卷楼"一印，皆以通常写本视之之证。丁氏杭人，于乡贤著述，茫昧如此，是不可解。光绪中《琅嬛文集》曾有刻本，有文无诗。只古乐府曾刊入之。所据当是别一钞本。丁氏书光绪中由端午桥购归江南图书馆，由杭州载之江宁，入龙蟠里。名书重器具无恙，惟词曲类及其他零星小册，颇有流失。当是端方幕府中人，择取精本，据为己有；或端午桥以之赠当国大老，皆不可知。此种书余得经眼或入藏者，凡六七种。如清初内府写本《麒麟阁》四册，开花纸精钞。有红色小纸题扮演角色名字于人物表下，曾在安乐堂之书也。又清初竹纸黑格精钞本《曲谱》二函，亦内府写本。又澹生堂钞本《对床夜话》，有祁旷翁手跋及吕晚村、张宗槺藏印。是皆铭心佳品，虽曾得之，然终不能守。又尝见明初黑口本吕岩集，为九峰旧庐物，未之收也。又于石麒许得崇祯刻阮大铖三集，原刻精绝。与此册皆有翁常熟观印，颇疑即当日端方持赠翁相之书。诸书皆曾有传钞之本，流在人间，实为八千卷楼中精骑，余得见而收之，书缘墨福，何可言耶？得此书前六月，于传薪得《史阙》稿本六巨帙，用纸与此全同，然皆经剪贴作帐簿状，当为宗子手稿长编原式，手迹与此正同。后得道光中刻《史阙》六卷，跋云所据为蝇头细字书，亦不言钞本抑稿本也。宗子著书，明末付刻者未见，《西湖梦寻》刻于康熙末年，余亦收一原刻，板心有"凤嬉堂"三字。张氏子孙家贫，不能刻先人遗稿，《梦寻》之刻，亦赖友人之助。然遗稿颇有传钞副本，其蝇头细字本，当即此类。传世亦非仅一二本。昔日尝于诸家藏目中搜宗子稿本得七八种，皆可踪迹。其原稿之确然无疑者，只此册及《史阙》六册耳。此册中诗之有纪年者，断手于康熙九年；又知宗子当生于万历二十五年丁酉，得年必在七十四岁以上。集中数及《石匮书》撰作事。又方物之咏多至数十章，老饕习性如见。家破之后窘迫种种亦时见之诗中。"舂米"、"担粪"两章所写，最见性情。遗民心事，更处处流露。此集即子孙力能刊刻，亦不敢也。宗子散文第一，《梦忆》、《梦寻》无与抗手，诗实未佳，然可征故实。《石匮书》有盛名，然实不足与他家私史比肩。此集中有诗及《名山藏》，以为秘册，《石匮》一书多据之，可知当日所见，亦不广也。余藏此书逾十年，前四年始通读一过，曾撰长跋，后亦迷失。今为补目，聊记一二。多凭记忆，未能详也。时戊申中秋前七日，试尺木堂造研经校史之墨书。

以上是我写在《琅嬛文集》卷前的两通旧跋。原书竹纸黑格，半叶八行，行十八字。白口单边。以诗体分卷，每卷前有大题，不书卷数。次行属"古剑陶庵张岱著"。卷中校改甚多。有圈点，有评语，出别一人手。又有钩乙删削之迹，书眉有书"选"字、"删"字者，有题"诗砾"二字者，这应该是宗子拟编未就的另一诗集或选集

268

的名目。收藏有"曾藏八千卷楼"白文方印、"翁同龢观"朱文长印、"左翁寓目"白文方印。

这个诗集稿本收"古乐府"、"四言古"、"五言古"、"七言古"、"五言律"诸体诗,可能是个残本,以下应该还有"七言律"、"五言绝"、"七言绝"诸体。只有"古乐府"部分曾刻入《琅嬛文集》。鲁迅在《且介亭杂文二集》的《"题未定"草(六)》中曾提到的一九三五年上海杂志公司出板的"中国文学珍本丛书"本《琅嬛文集》,就是据光绪刻本标点排印的。标点者刘大杰。鲁迅指出,在《景清刺》里,"有了难懂的句子":

> "……佩铅刀。藏膝髁。太史奏。机谋破。不称王向前。坐对御衣含血唾……"
>
> 琅琅可诵,韵也押的,不过"不称王向前"这一句总有些费解。看看原序,有云:"清知事不成。跃而询上。大怒曰。毋谓我王。即王敢尔耶。清曰。今日之号。尚称王哉。命抉其齿。王且询。则含血前。淰御衣。上益怒。剥其肤……"(标点悉遵原本)那么,诗该是"不称王,向前坐"了,"不称王"者,"尚称王哉"也;"向前坐"者,"则含血前"也。而序文的"跃而询上。大怒曰",恐怕也该是"跃而询。上大怒曰"才合式,据作文之初阶,观下文之"上益怒",可知也矣。

鲁迅在这里所批评的乱点古书,自误误人的事例,是极确的。恰巧作者张岱的手稿就在这里,不但有改句,而且有作者自己的圈

269

点、断句，都在证明着鲁迅说得不错。此外，用原稿对照排印本，就还有一些错误。

"清旦伏铅刀以朝"句，"旦"原稿作"坦"。

"有顷，默然而前"句，"默"原稿作"嚚"。

在叙罢景清被剥皮之后，张岱写道："械系长安门。上寝梦清环殿追劫之。"标点本在"上"字下断句，也大错了。这样一来，不但将景清的尸体移到了"长安门上"，同时也使我们胡里胡涂，不知道睡觉和做梦的到底是谁。

"赤其族。掘夷其先冢籍里。"这一句也是莫明其妙的。查原稿，原来漏去一个"其"字。应该是："掘夷其先冢。籍其里。"才对。

此外，还有两处排印本并不错，而新板的《且介亭杂文二集》却印错了。那就是"跃而询"、"王且询"的两个"询"字，都应该是"詢"。"詢"者骂也。原稿里写得清清楚楚。

由此可见，版本校勘之学还是不可不讲的。粗制滥造的标点书的出现，重要的原因固然是标点者的工作态度与学力都不够理想，底本的质量也是至关重要的。有些原书充满了错简、误漏的句子，标点者即使用尽心机也无能为力，不作任何声明，也不加任何标点符号，留下了使读者猜不透的古怪的长句，这当然是不负责任的作法。如果尽量作了校勘的努力还不能解决，那就应该注明疑有误漏，使读者明白。

自从考证学被不分青红皂白加上了"繁琐"的徽号以来，许多人不敢作考证了。版本学就更不必说，好像只是一群"雅人"或"遗老"、"遗少"酒足饭饱后所干的无聊营生，这实在是一种极大的误解。这一切都是进行科学研究必不可少的条件与前提,正与不可想象把钢铁联合企业建筑在沙滩上一样。

关于张宗子的著作,多年来一直留心查考,只是见闻寡陋,只知道有这样一些:

《四书遇》,不分卷,六册,明山阴张岱撰。明钞稿本。末附寿王白岳诗手稿二纸,有马浮题识。

《古今义烈传》,八卷,四册。明山阴张岱撰。旧钞本。首有祁彪佳序。以上两种见《浙江图书馆特藏书目甲编》,按此书有天启刻本。

《陶庵梦忆》,八卷,二册。有乾隆五十九年仁和王文诰刻本,大板。又有道光王见大(文诰)刻巾箱本,题《梦忆》。

《琯朗乞巧录》,稿本。(《鄞县通志·文献志》著录四明张氏约园藏书)

《石匮书》,未分卷,八册,稿本。

《夜航船》,二十卷,观术堂钞本。

《陶庵对偶故事》,二卷,稿本。

《琅嬛文集》,不分卷,四册,稿本。与刻本不同。(以上四种见《鄞县通志·文献志》著录朱氏别宥斋藏书)

《石匮书》,二百二十一卷,五十一册,明张岱撰,钞本。《上海市文物保管委员会善本书目》著录。

《石匮书后集》,六十三卷,张岱撰,传钞本。原缺九卷,最后附"别传"阙。见《贩书偶记》。

《史阙》,十五卷,道光甲申刻。

《琅嬛文集》，六卷，光绪丁丑刻。

《有明越人三不朽图赞》，不分卷，乾隆刻。

《快园道古》，原刻《西湖梦寻》"凡例"中著录。又吕善报《六红诗话》卷三曾摘录九则。

《西湖梦寻》，五卷，康熙丁酉凤嬉堂刻本。

《张子文秕》，十八卷，钞稿本。竹纸，黑格。板心上有"琅嬛文集卷□"，下有"凤嬉堂"，皆刻板。书眉上有评语，与《梦寻》格式正同。大题下三行云："陶庵张岱著"，"白岳王雨谦评"，"雪瓢祁豸佳校"。卷前有"年家社弟曲辕王雨谦撰并书"之序，"同学弟雪瓢祁豸佳撰并书"之《琅嬛文集序》，次目录。半叶八行，行十八字。白口，四周双边。

《张子诗秕》，五卷，板式同前。前有"庚子夏五潦溪识字田夫雨谦撰"序；"己丑重九日小弟弘顿首题"序；"甲午八月望日陶庵老人张岱书于快园之渴旦庐"自序。

《文秕》、《诗秕》诸序后皆有撰者朱印。此书为平妖堂旧藏，有"鄞马廉字隅卿所藏图书"朱文长印。

以上根据手头保存的笔记少加整理，粗陋在所不免。诸书只记钞稿及最早刻本。凡辗转重印之本都未记录，但其中也有重要的本子，如《陶庵梦忆》有一九二七年北平朴社的重刊本，俞平伯校点。这是近代流行最广的一个本子，许多人是通过它开始接触《梦忆》的。

张岱是出现于明末清初那个时代里的一个很有特色的作者。在当时地主阶级知识分子群中，他既有遗民的共性，也有他自己独特的个性。他的散文写得好,在晚明诸家中是非常突出、有着自己风格的作者。他有非常敏锐的感觉,观察事物也有自己特有的方法。从他的作品中,我们可以感到明显的近代气息。他的生平、身世、遭遇是形成这种特色的根据,我觉得很有加以研究的必要。通过研究,将使我们对那个时代及文学获得进一步的了解。

一九八一年一月七日

关于《琅嬛文集》

今日读"笔会",见有栾保群《从〈景清刺〉看〈琅嬛文集〉手稿本》一文,怀疑八千卷楼旧藏本并非张岱手稿,举两证。一、没有公认的张岱墨迹手稿比对;二、据"上海古籍"影印的《石匮书》"景清传"原文与"文集"对校,两者大体全同,少有异字,最重要的是"文集"中的"铅"字都作"铦"。并加发挥,畅论"铅刀"不能杀人,因疑八千卷楼旧藏"文集"是否手稿。其实《八千卷楼书目》也只说是钞本,未定为手稿。是否手稿,也没有什么大关系,反正没有送到拍卖场上去,是否手稿关系不大,读者见仁见智,大可任意评说。影印《石匮书》未见,不知底本是手稿还是传钞,是否可作可靠校对的典据。反正都没有什么关系,用不着"心颤和苦恼",否则当年钞家没收之际,岂不早已晕厥了么?

我之定"文集"为宗子手稿,有以下几点根据:

一、同时前后买得的张岱《史阙》,也是个稿本。二者同出一人手笔无疑,所用同为半叶八行的黑格竹纸稿笺,书名、作者款式如一。所不同者,《史阙》为写在稿纸上而撕作不同宽窄的散条,然后按类贴在簿子上。初入手时是六册零乱的账本,后经旧友曹先生有福重为装池,条状的零叶,一一被揭下喷水、压平,拼成整叶,恢复书册原状,历时经月,始得讫工。明人著书,往往令钞手(不止一人)用不同白纸或格纸,钞录资料,然后自加整理、写定。如祁彪佳撰《守城全书》,即用此法。《史阙》亦然,不过张岱用不起钞手,只能自写资料,自行编缀而已。

二、一九八五年浙江古籍出版社板张岱《四书遇》,底本系浙江图书馆藏棉纸蓝格恭楷钞本,系周左季藏书。书眉夹签皆出宗子手。书前并影印白棉纸(原夹书中)的宗子手书"寿王白岳八十"诗。是公认的样本,与《文集》出同一人手无疑。

三、我有《劫馀古艳》一书,二〇〇八年四月大象出版社出板,中收《琅嬛文集》稿本书影数叶,"景清刺"诗在焉。其中"铅"字明晰无误,不容置疑。"铅刀"的故实,无论是贾谊吊屈原的"铅刀为铦",还是班超的"铅刀一割",都说的是反话,张岱用此典,也无非是说景清所怀的"利器"不过是如铅刀之类不中用的家伙而已。这点"微意",鲁迅是明白的,但不能要求于刘大杰之类的老实人,要花许多功夫说明"铅刀"的无用。因《劫馀古艳》印数较少,不多为人知。所收宗子手稿凡三叶,俱见反复修改状况,此其为手稿之证也。

多年前何满子兄曾介绍研究张岱之某君见访,欲借此"文集"稿本一校,当即检出付其携归以校所编《张岱文集》。后此书出板,蒙见赐一册,序言中似未说及据稿本参校事,或亦未信其为手稿之故。又友人曾请以张岱数种付之影印,因数书装池不易,一付印人,将失旧样,而今日装治好手更无其人也。久欲写"张岱四种"文,无暇着笔,今乃先成此短章,以为嚆引,亦书缘也。

二○一○.八.二十二

史　阙

　　此《史阙》六帙,余见之传薪案头。写手极旧,而复为割裂重粘者。首序二叶,写法甚类启祯间刊书格式,钤三印,俱佳而古,定为当日待刊稿本。书出桐庐山中,在一地摊上,估人挟之示余,遂居奇货。余亦不吝重直易之。此殆新春来第一快事也。同得尚有康熙间写刻《西湖梦寻》五卷,亦极罕见。此书有道光间刊本,分十五卷,不知与此异同若何,当求其书并观。辛卯春二月初八日,得书归来,灯下漫书。黄裳。

　　辛卯六月半,更得宗子《琅嬛文集》手稿一册,八千卷楼故物也。取对此本,手迹如一,皆宗子手稿也。黑格纸半叶八行,亦同。明人著书,每作长编,以稿纸倩人钞之,后加整比,汇为一书,如祁彪佳撰《守城全书》是也。宗子此书则手自移写,剪成条块,汇为完书,粘贴成册。三百年后,乃多脱粘,余倩故友曹有福君装治,数月始毕。平整如新,绝无剪贴痕迹,真装池妙手。余曾为文张之。后又得道光本，少加比对，无大异处，刻本所据则细字狭行钞本也，分卷十五，非其旧矣。宗子《史阙序》，收入《琅嬛文集》卷一，取对此稿，亦不相同。第一句"春秋夏五"，阙文也，春秋下有书字。"由唐言之，六月四日，语多隐微，月食而匿也"句，稿本作"月食而不匿"。此下"太史令史官直书玄武门事，则月食而不匿也"句，无之。此其大较也。

《史阙》六帙，古剑陶庵张岱绌。手稿本，竹纸黑格，半叶八行，行二十字。起三皇五帝纪，讫元史。前有自叙，五行，十四字，楷书，属"古剑陶庵老人张岱撰"。钤二印："张岱之印"（白方）、"天孙"（白方）。引首朱文长方一印："琅嬛□□"。

张岱的《史阙》

张宗子的遗著,最近浙江古籍出版社又印出了三种:《四书遇》、《快园道古》、《夜航船》。它们分别是读书札记、掌故杂说和类书,代表了张岱著述的三个方面。张岱的创作,严格说来只有一种,那就是《梦忆》。其馀都带有读书札记的性质。他是明末人,自然受时代的影响,编著了不少流行一时的类书和小品,而其中又大多是与史部有牵连的,可以看做一种突出的特色。

张岱还有一种著作——《史阙》,也是性质相近的史钞。我所见的是稿本。这书曾有道光刻十五卷本,曾与原稿少加比勘,并无多大差异,只不过原书不分卷,分订六帙而已。原稿竹纸黑格,半叶八行,白口单边。笔迹用纸都与《琅嬛文集》无异。卷中还保存着剪贴的痕迹,可以推知,作者开始时是见书即钞,积累了大量的长编素材,最后才编纂粘接成书的。经过三百多年,有些地方已经脱粘,幸亏由装池高手——补缀,得以保持原状,这是值得高兴的事。

卷首有大字序四叶,序末题"古剑陶庵老人张岱撰",下钤"张岱之印"、"天孙"二印,俱白文。每卷首大题下属"古剑陶庵张岱纻"。

张岱在序中首先提出"春秋书夏五阙文"的问题,认为从阙文中求得完整的历史真相不是不可能的,又举唐太宗玄武门事加以申明:

> 由唐言之,六月四日,语多隐微,月食而不匿也。食而匿,则更之道不存;食而不匿,则更之道存。不匿,则人得而指之。……使太宗异日而悔焉,则更之道也。太宗不自悔而使后人知鉴焉,亦更之道也。此史之所以重且要也。虽然,玄武门事,应匿者也,此而不匿,更无可匿者矣。

他看出了史书中存在着许多缺而不完的事实,但又发现即使如此人们还是有可能求得历史的真相,于是发愿写这部《史阙》。他在序文中接下去说:

> 余于是恨史之不赅也,为之上下今古,搜集异书。每于正史世纪之外,拾遗补阙,得一语焉,则全传为之生动;得一事焉,则全史为之活现。苏子瞻灯下自顾,见其颊影。使人就壁摸之,不作眉目。见者皆失笑,知其为东坡。盖传神正在阿堵耳。

从这里的叙述,可以看出张岱是历史学家,但更重要的是文学家。

他对历史著作的要求不只是真,而且要美,而终极的目的还是高度的历史真实。所谓"生动"、"活现",都是构成真实的不可少的要素。他是懂得运用细节的真实求得整体的真实的道理的。他接下去又举了一个例子:

> 又尝读唐正史,太宗之敬礼魏徵,备极形至。使后世之拙笔为之,累千百言不能尽者,只以"鹞死怀中"四字尽之,则是千百阙而四字不阙也。读史者由此四字求之,则书隙中有全史在焉,奚阙哉。

张岱作此书的理想不为不高,他不收正史,专取杂书。这中间就有野史、笔记……,但一个大缺点是不记出处。这是明人著作的通病,也不好专怪张岱。全书从《三皇五帝纪》起,《元史》止,包括了明代以前的全部通史。由于史料的限制和作者的好尚,其中分量比例是存在着轻重失调的缺点的。例如,他对曹操、隋炀帝都大有兴趣,摘取逸事独多。这当然是因为有关的别史、野记特别丰富,也因为这是符合他的撰作思想的缘故。他尽情地运用了传说故事来点出人物的性格。不过这样做也包含着一种危险,那就是别史、野记的真实性的问题。张岱对此恐怕是缺乏必要的警惕性的。他在《蜀汉志》中就说:

> 昭烈之继汉,非特名义而已,实炎祚之正统也。按《异苑》,蜀临邛县有火井,汉室之盛,则赫炽;桓灵之际,火势渐

微。孔明一窥而更盛,至景曜元年人以烛投而灭。其年并于魏,此亦一徵也。

在这里不但表现了他尊蜀汉为正统的偏见,更显示了他对谶纬、果报、怪异……的特别爱好,全书中摘录这类纪事很不少,实在不能不说是一种大病。他在记关羽的事迹时称之为"关公"而不名,显然更是受了演义、戏文的影响,破坏了全书的体例了。他在记下汉武帝时东都献五寸短人,原来是王母使者巨灵的神话传说以后,加了很长一段按语,列举"古人以博物名者"。其中就有不少荒唐无稽的事物。结论是:"古人博物,实有此一种学问。余谓秦火之后,无论其书不传,即有传者,如周公《尔雅》、伯益《山海经》,有能多识其鸟兽草木之名者,谁耶?"他看重博物,自然不错,但分不清神话传说和事实的区别,就只能给他带来大量的胡涂观念,这也是过去的作者的一种通病,在张岱也未能幸免而已。

在《秦纪》的结尾,张岱也有一段议论:

> 秦灭六国而自王,秦乃为吕,六国未灭,嬴氏先亡。……唐太宗歼建成、元吉,天遂生武氏,诛太宗子孙略尽。……天数之默定,乃人之业报取之;数定于天,实招之自人也。

这是毫无掩饰的历史宿命论与果报观,不能说不是张岱身上最严重的局限。不过他也有说得好的地方。如他记秦焚书后,诸儒多谤怨,结果都拜为郎,共七百人。"乃密命冬月种瓜于骊谷中温处。

瓜有实,诏下博士诸生说之。人人各异。乃命就视之,先为伏机。诸生各相难不能决,因发机填之以土。"固然已经将儒生的性格、习气写得惟妙惟肖了。接下去还有一节按语,则是提出了长久以来人们无从解释问题的答案,而且是言之成理的。

> 昔人云,坑法不传。盖咸阳伊洛间多山谷,一入数十里,皆峭壁悬崖,陡绝不能上。以丸泥塞谷口,则数万之生灵,俱束手就毙矣。今视秦政之坑儒,乃知白起、项羽之坑降卒多至四十万者,其坑法的的如此。

张岱确信这是一种确实的解释,看来也许正是如此。

张岱记下了唐太宗命萧翼赚《兰亭》的故事,这是他在序文中曾经说到的:"余读唐野史,太宗好王右军书,出奇吊诡,如萧翼赚《兰亭》一事,史反不之载焉。岂以此事为不佳,故为尊者讳乎?"其他如牛仙客与古押衙的故事,也是从唐人小说中转录的。《史阙》的另一特点是记录历代故事之含有特殊意趣的,常常会引起人们的思索,在体例上就像一部放大了的《世说新语》。如在北宋卷中记杨朴事:

> 真宗祀汾阴,过郑,召朴欲官之,问卿来有以诗送行者乎?朴揣知帝意,谬云无有,惟臣妻一篇。使诵之,曰:"更休落魄贪杯酒,亦莫猖狂爱作诗。今日捉将官里去,这回断送老头皮。"帝大笑,赐束帛遣还。

不几叶后就又记苏轼事：

> 苏东坡坐作诗追赴诏狱。妻子送出门者皆哭，无以语之，顾王夫人曰："独不能如杨朴处士妻作诗送我乎？"王夫人不觉失笑。

短短两节，就将当时以文字罪人的风气生动地写出来了。

又记王安石故事云：

> 王介甫为相，大讲天下水利。刘贡父常造介甫，值一客在座，献策曰："梁山泊决而涸之，可得良田万顷，但未择得利便之地贮其水耳。"介甫俯首沉思曰："然，安得所贮如许水乎？"贡父抗声曰："此甚不难。"介甫欣然，以为有策，遽问之。贡父曰："别穿一梁山泊，则足以贮此水矣。"介甫大笑，遂止。

这个故事是讥讽新法的，但也从一个侧面反映出王安石推行新法的努力和改革保守两种思想的矛盾，不是没有意义的。

张岱在撰辑《史阙》时，自然也不免流露出他的遗民心事。在《唐纪》中记李光弼事一节后，张岱的案语说：

> 李光弼将战，纳刀于靴曰："战，危事也。吾位三公，不可辱于贼。万一不捷，便当自刭。"光弼名将也，不时将身首置刀俎上，此其所以为名将乎？今之大将，身在战场，先将此头安

顿在家,是以非败即逃。正须朝廷执刀临之,代渠纳靴中耳。

这自然是针对晚明诸将而发的谴责之词。

在南宋卷内又有谈《清明上河图》一节:

> 张择端《清明上河图》,因南渡后想见汴京旧事,故摩写不
> 遗余力。若在汴京,未必作此。乃知繁华富贵,过去便堪入
> 画,当年正不足观。嗟乎,南渡后人但知临安富丽,又谁念故
> 都风物。择端此图,即谓忠简请回銮表可也。

这短短的一节话,可以看做《梦忆》、《梦寻》的跋语,张宗子也是在
国破家亡之后,才来追忆记述往昔的。难怪他对张择端的画怀有
别样的感情。在六册《史阙》中,可以发挥故国之思的地方本来不
少,如记文天祥、谢枋得事,又元浮屠杨总统发掘南宋诸陵事,都用
了颇多的篇幅,但直接发表恢复故国的思想处则不多,总没有比上
引两节更为显露的了。

1987 年 10 月 29 日

毛诗指说

北京出版社最近启动了一项大工程《四库底本丛书》。全书将有一千二百册光景。其经部第十七册,开首即是《毛诗指说》。原书是我的旧藏,今在国家图书馆。杨良志先生见原书有我的题记,遂影印一纸见示,高情盛谊,可感也。年来曾就手边劫余卷册,辑为"书跋"数种,其流散异地者,尚无暇、无力搜辑,得此零星片羽,亦自可喜。

《四库底本丛书》的创意,是非常重要、有远识的,可以说是与前一阵子不少出版社抢印不同阁本《四库全书》唱反调的,是对为经济利益驱动,不顾美丑,不听劝告,毅然印行的一种抗议与清醒剂。本来学术界对《四库》早有定评,张菊生先生在影印《四部丛刊》二三编时,每书多附有校记,已屡屡拆穿《四库》本种种作伪马脚;鲁迅先生更就旧钞本与《四库》本的不同,归纳出在乾隆指挥下的"馆臣"删除、篡改种种手法与指导原则,并指出当时影印《四库》的官商之争实质焦点所在,看来与今天颇有异曲同工之处。

《毛诗指说》,唐成伯瑜述。黑格旧钞本。卷首大题下列"兴述"、"解说"、"传受"、"文体"四目,下接正文。半叶九行,行二十字。白口,单边。板心下刻"冠山堂"三字。案,山阴祁氏有冠山堂刻《吴越诗选》,在顺治中,不知与此钞有无渊源,不敢臆定。收藏有"乐意轩吴氏藏书"朱文方印。写手精雅,恭楷不苟,是清初写本。前有乾道壬辰三月十九日建安熊克序。卷前有余墨书题记一通:

> 徐绍樵中风,未见几一月矣。前日雨夕,偶过访之于其小楼上,已能起坐,言时泪莹然,言几不及相见也。又言家境艰窘,持此一册书见示,云新得自故家者,尚是清初旧钞,乐意轩吴氏藏本。即并其他清刻零本四册同得。赠以五十金为卒岁资。残年凄紧,可令慨叹。同时尚见汪阆源旧藏宋元之际麻沙刻本《后村先生诗集》残本十册,又正德刻《怀麓堂集》极精,亦缺数卷。《南行稿》、《北上录》皆汇刻入之,是为最足本也。有金元功藏印。金氏以棉纸补钞两册,亦精绝,却不及得之矣。并识于此。
>
> 丁酉腊月廿七日晨窗记,黄裳。

初见惊异,因我已久忘此书与曾有此题记了,连一点印象也没有。题记写于丁酉(一九五七)换岁之顷,那是什么时候? 一场雷霆万钧的大扫荡尘埃初定,自己则身陷泥牢,等待发落。瞻望前途,不知所止。就在这当口,还有"雅兴""访书"……这次与绍樵相见,可能已是最后一面,因而题词不免有些凄恻,回想跑书店之初,即与绍樵相识,算来已是十年旧友了。过去也曾写过一篇《记徐绍樵》,所记多为他的盛年往事,意气风发,赌咒发誓,畅论书林故事,多不可信,是他开朗作风的一面,不料此番所记却是他濒临下世的光景,真不可料。

上世纪三十年代中期,上海旧书业,除苏州杨寿祺的来青阁、罗子经的蟫隐庐外,南方书客更有扬州派的几家,绍樵的传薪书店是其中之一。北估的声势最大,本钱亦足,所经营的以大部头书如《四部丛刊》、百衲本《二十四史》、考古类书为主,版本书则是馀事。每有好书异本,深藏密锁,悬价高奇。记得在富晋书社曾见明刻《隋史遗文》一书,皇皇数十册,附精图数十幅,在明刻小说风头鼎盛之际,这是不下宋元本的"异书",当然索价高奇,不可思议。绍樵的经营方针则大不同,以薄利多销为主,自然本小力薄,使他不能不如此做。但他也真有本领,能经常获得充足货源。他的根据地也不只故乡苏北一隅。如杭州王氏九峰旧庐藏书,在上海诸肆中,以他所得最多,连王家的藏书目底册及书橱、书柜都搞来了。

他能从苏北为郑振铎访得原本《十竹斋笺谱》,使西谛大为欣赏,郑氏劫中日记所记绍樵佚事不少。

论版本鉴定功夫,他自然算不上一流,但他确曾拥有好书异本、索价高奇的机会。如钱牧斋手批通津草堂本《论衡》,全书遍满行草批校,而无一藏印及题署。曾出以见示,明知我无力问津,自然也不言价。但对一般旧书则马虎对待，如丁酉岁初他从硖石徐容初家搞来一批线装书，打包之后，绍樵手执铅笔，在书后封底一一批上价目，一至二三元不等。对书的内容，不一顾视。其实这批书中颇有拜经楼吴氏、向山阁陈氏旧藏物，虽是清刻，却非常本。

公私合营以后，上海古籍书店成立，修文堂孙实君成为实际上的负责人。同在福州路上一间门面的传薪书店则沦为古籍书店的廉价部，绍樵调往总店工作。他的任务是为新收进的旧书定价。大概他仍保留随手批价的习惯，不免失误。因而时遭孙实君的呵斥，其抑郁可知。

我从言言斋书话中得知，周越然藏有《高峣诗》、《南明纪游诗》两种，就托绍樵去商量，周越然以为两书都是薄薄小册，卖不出好价钱（《高峣诗》只有四叶）。商量许久，绍樵终于将这四叶小册杨升庵诗和一册嘉靖刻的《禹碑考》拿来了。

我从绍樵手中所得书不少，最值得记起的是张宗子的稿本《史阙》等三种。《史阙》被他当作"奇货"要了高价，但同出一源的康熙家刻《西湖梦寻》却不被重视，以平价见售。其实《梦寻》之罕见难得，殊不下于他书。久想写一篇《张岱四种》，以记书卷因缘，久久未成。今在此少记得书始末，亦不忘书之出处、经手之人微意云尔。

二〇一〇年六月二十五日

跋李一氓藏《宋元词三十一家》

　　汇刻宋元人词自明末毛氏汲古阁始大行。前此明人每有汇钞之本,多棉纸蓝格,家数多寡亦不一。巨帙最易残失,市肆流传,多是零册,写手精粗各不同,然每存佳字佚篇,可供雠校,不可废也。毛子晋所钞宋元人词,底本佳绝,写手工妙,然多不据入《六十家词》,其事颇不可解。钞本身后由斧季笃守,遇佳本更反覆校之。其书后亦间为人翻雕,多零种。尝见道光中五马山楼刻石孝友《金谷遗音》,即据毛钞,然于扉叶则径标宋本,实即斧季所校毛钞宋本耳。此毛家世守之钞本宋人词,展转流传,仅存钞帙。盖自汲古阁汇刻词后,惟见康熙中侯文灿刻名家词,其后此事即寂然无闻,又二百年始有王朱诸老之丛刻。其间不绝如缕,端赖藏家好事,汇集传写,此旧钞宋元人词,即当日汇钞之一也。此种钞本,家数多寡不一,实亦无所谓完缺,零缣碎锦,皆当珍护。南昌彭氏藏书,身后似未尝载归江南。三十年前道过南昌,曾过旧肆访知圣道斋遗书,渺无踪迹。后于常熟翁氏得知圣道斋所藏黑格写本数种，亦皆得之京师者。其家书卷前往往钤四印，仿澹生堂祁氏例。其末一印文左旋，曰"遇者善读"。此本前无彭氏印，或钤於首叶，经火毁失。癸亥夏日来游北京，一氓同志出此见示，火馀卷帙，古芬袭人。主人珍重护持，不为完缺之见所囿，此意近来知者少矣。客中无书，不能于此书有所发明，仅琐琐记旧日闻见，了无胜义，聊博老人之一笑耳。癸亥端阳节记于东单客寓。

滇南书录

初知稿六卷残存卷四之六

原知无为军洱源文槐何邦渐著

古叶榆郡后学明中甫赵惟精评

皮纸旧钞本。九行,十九字。写手精极。后有"万历丙午岁孟
夏原守濡口下邳吏滇浪穿文槐何邦渐识于息游轩"后序。卷六尾
双行云:"男何源长源受汇辑,侄何鸣凤翔凤校梓"。看样子这是从
刻本钞出的。

胜国遗臣臧否传二卷

江南桃山居士史淮次江甫纂

旧钞本。皮纸,墨格。极像狭长的账簿。半叶十六行,每行十

七字。白口,单边。板心上有"勤笔勉思"四字。前有"康熙四十七年岁在戊子季春月上浣□□桃山居士史淮次江氏书于信古草堂"序。次例言,卷末题"吕梁山人再识"。最后有璞山主人跋。又一行云:"乙巳仲秋楚南衡阳桂常官厂录。"

这是纪吴三桂事的野史,晚明史事所纪甚详,以前未见著录,但文体近于小说,是否完全可凭自是疑问。作者作此书时距三藩之平不久,自有可以参考的价值。封面有剑川赵藩的题字。

何蔚文年谱诗话

旧钞本。卷尾有康熙己卯孤哀子何相才何相学跋。蔚文字稚黄,浪穹人,是永历丁酉中式的举人。年谱系自编。他生于天启乙丑正月十二日,卒于康熙己卯七月初八日,年七十五。自撰年谱断手于临终前一月。蔚文曾撰有传奇三种,其中《缅瓦十四片》最有名,是描绘永历帝逃到缅甸以后的情况的,可惜失传了。我从年谱里录下了作者自撰的三种传奇题词:

"缅事目击,乃日久亦恍亦惚,错舛且忘,如忆往梦。偶填词得《缅瓦十四片》,真长歌当哭也。若以漏多瓦少,又略补益。然猿叫三声,已不禁泪下,那得再!"(《缅瓦十四片》传奇题词)

"身落红尘,难望肉生翅。《插一脚》所由作也。但无论生旦净丑,一脚插的好,还是好看,不然未免反致揶揄。尝有句云'定方当学佛,飞术不须仙',亦此意。倘得梨园演出,当浮大白。"(《插一脚》传奇题词)

"过金沙,留镇府缀白楼,出两匝月。时闻刻羽引商,徘徊恋恋。从谈及《摄身光》一段佳话,遂约翻谱填新词,得一十七出,将按板付演。但填词一道,必另有一付巧舌慧心,出于笔墨之外。予不过如瞎子弄琵琶,摸着几点。虽然黄鹤楼中玉笛数声人云,便可仙去,亦不必落尽梅花也。"(《摄身光》传奇题词)

孙髯翁先生诗集

旧钞稿本。九行,廿三字。这是大观楼著名的长联作者的诗集,不曾听说过有刻本,这个本子大抵也是仅存的钞稿本了。有"燕山世裔"(朱文长印)、"我思古人"(朱文圆印)二印。髯翁与担当相识,集中有有关担当的两诗,都甚佳。

"剩水残山聊尔尔,那有闲情称画史。但将白眼送浮云,也似黄鸡归故里。六朝新样秣陵秋,百尺鹅溪一段愁。寄与江南阮司马,庞家居士自风流。"(《咏担当》)

"黑水青天外,苍山古雪边。儒生而墨者,酒客亦诗仙。杖锡来鸡足,春花叫杜鹃。画中三两笔,仿佛义熙年。"(《吊担当上人》)

髯翁最有名的长联,至今还挂在昆明的大观楼上。我在青云街的旧肆里搜到一副拓本,也已经是十年前的旧拓了。字有胡桃大小,行草,非常飘逸秀美:

五百里滇池,奔来眼底。披襟岸帻,喜茫茫空阔无边。看东骧神骏,西翥灵仪,北走蜿蜒,南翔缟素。高人韵士,何妨选胜登临。趁蟹屿螺洲,梳裹就风鬟雾鬓;更蘋天苇地,点缀些翠羽丹霞。莫辜负四围香稻,万顷晴沙,九夏芙蓉,三春杨柳。

数千年往事,注到心头。把酒凌虚,叹滚滚英雄谁在?想汉习楼船,唐标铁柱,宋挥玉斧,元跨革囊。伟烈丰功,费尽移山心力。尽珠帘画栋,卷不及暮雨朝云;便断碣残碑,都付与苍烟落照。只赢得几杵疏钟,半江渔火,两行秋雁,一树清霜。

上联题"昆明孙髯题",下联题"昆明陆树堂书"。

这自然是一副出色的长联。上联写风景,下联叙历史,几乎包括尽了云南自古以来历史上曾经发生过的重要事件。作者自然是属于封建时代士大夫阶层的诗人,他要"选胜登临",要感慨流连。但在他的心目中,从"四围香稻,万顷晴沙"里看出的农民的辛勤劳动,和"都付与苍烟落照"的历代封建统治者的"伟烈丰功"却不是等价的。

徐嘉瑞先生曾经谈到这副对联的意义,和道光初阮元篡改这副长联的愚蠢行径。他也谈到了作者的生平,现在就录在下面:

这副对联的作者是清康熙、乾隆年间的孙髯。他原籍陕西三原,幼时聪明,后随父流寓云南昆明。长成,博学多识,善诗文。名重一时。

他虽有重名,却不肯应科举。当时云南总督张东阁,曾委人催他去应试,他拒绝不去,自称"万树园大布衣"。他有时还作讽刺诗。例如他游大理时,见大理府王某懒不治事,便讽刺他说:"龙王不下栽秧田,躲在苍山晒日头。"他既不肯科举,又好写讽刺诗,惹得当时官吏对他不满,终身穷困。年老时,卜易为活,常常数日断炊。

苍雪和尚南来堂诗集存卷三
门人行敏等仝辑

黑格旧钞本。十行,廿字。白口,双边。后面有钱谦益所撰《苏州府中峰山苍雪法师塔铭》,题"岁在丁酉归月廿四日谨制"。又"康熙癸巳鸡足寂光远孙正脉于姑苏虎丘山雪浪轩焚香敬录"跋。跋后一行云:"雍正元年十月十八日□□□贲发堂借钞。"后钤二印:"龢□"(白文方印);其一朱文方印"圆鼎"二字。又有《钞录拙语》,末题:"大清雍正元年十一月十四日书。理州苍山比丘圆鼎时年七十有四书于□□□□□□□□□□。"下缀二印:"和空"(白文方印)、"圆鼎"(朱文方印)。

这是苍雪大师诗集的滇南旧钞本。虽然是残卷,也自可珍重。特别是跋文中有许多奇字,出于苍山比丘之手,可能是白文。

碧 玉 泉 志 稿
滇云段昕浴川氏著薰

旧钞本。十行,廿二字。按碧玉泉即安宁温泉。温泉志,《道光云南通志》只著录有明杨泰的《虎丘志》、《温泉志》,都是记安宁的名胜的,然其书未见。这部段著《碧玉泉志》,别处的著录有的也题作"温泉图经"。段昕更有《皆山堂集》,康熙刻本。我在昆明市上曾买到一册残卷。

著雍六论

蜕翁倪氏稿

稿本。九行,廿三字。写得极精。后有乾隆三年戊午二月自为跋。这是一部诗集,颇多描写滇中风物的作品,钞得一首:

"柳外山城数十家,海天小市集鱼虾。望夫云起秋风乱,吹落岩头无数花。"(下关)